VERLAG ANTJE
KUNSTMANN

Max Bronski

München Blues

Roman

Verlag Antje Kunstmann

Stormy Monday

They call it stormy Monday,
But Tuesday's just as bad;
They call it stormy Monday,
But Tuesday's just as bad;
Wednesday's worse,
And Thursday's also sad.

Yes, the eagle flies on Friday,
And Saturday I go out to play;
Eagle flies on Friday,
And Saturday I go out to play;
Sunday I go to church,
Then I kneel down and pray.

Lord, have mercy,
Lord, have mercy on me.
Lord, have mercy,
My heart's in misery:
Crazy 'bout my baby,
Yes, send her back to me!

AARON WALKER

1

Mein Laden im Schlachthofviertel ist gerade mal fünf Minuten von der Theresienwiese entfernt. Normalerweise spielt das keine Rolle, denn die Theresienwiese ist ein ziemlich reizloses steiniges Gelände, topfeben, dazu ohne Baum und Strauch. Am anderen Ende erhebt sich ein Hang, an dessen Kante ein mächtiges altdeutsches Weib von ihrem Sockel auf die Wiese herunterschaut. Über einem weiten, hemdartigen Kleid, dessen gnädige Falten ihre Körperfülle verhüllen, trägt sie ein Bärenfell um den Leib gegürtet, in ihrer Rechten hält sie das blankgezogene Schwert und mit der Linken hebt sie einen Eichenkranz empor. Selbst Heraldikspezialisten würden bei ihr eher auf Odins Gattin Freya tippen, säße nicht ein bayerischer Löwe zu ihren Füßen, der sie uns als Darstellung der Bavaria nahezubringen versucht. Eingerahmt wird die Bronzestatue von einer Tempelanlage, die so griechisch ist wie das Kapitol in Washington römisch. Der Tempel stellt in diesem anarchischen Mix von Kulturen eine Ruhmeshalle dar, in der verdiente ortsansässige Persönlichkeiten wie der Bierbrauer Pschorr und der Wassertreter Kneipp mit Büsten geehrt werden. Erst mit dieser unterstützenden Information versteht man, warum gewitzte Heraldiker darauf hinweisen, dass der Kranz aus Eichenlaub üblicherweise aus Lorbeer gewunden wird. Wie gesagt: Normalerweise spielt die Nähe zur Theresienwiese keine Rolle, aber einmal im Jahr findet dort unten mindestens vierzehn Tage lang das Oktoberfest statt, das der Münchner dieses steinigen Geländes wegen *Wiesn* nennt.

Was auf dem Oktoberfest stattfindet, überschreitet die Grenzen der menschlichen Vernunft und Vorstellungskraft in einem solchen Maße, dass nur beherzte Bezifferungen helfen, ein Bild davon zu vermitteln: Von den sechs Millionen Besuchern ergattern allenfalls zwei Millionen einen Platz im Bierzelt. Ein Viertel davon ist ein glatter Ausfall, weil sie nur Kaffee, Wein, Saft oder Schnaps trinken, zu jung, zu alt oder zu invalid sind und damit die sechs Millionen Maß Bier dem Rest überlassen. Die schütten demnach pro Kopf vier Liter in sich hinein. Mancher merkt erst im Lauf des Abends, dass es sich dabei um ein getuntes Wiesnmärzen mit deutlich mehr Prozenten handelt. So abgefüllt, torkeln, taumeln oder stolpern Tausende von Besuchern Richtung Innenstadt. Wenn sie körperlich unbeschadet die stark befahrene Lindwurmstraße überquert haben, suchen sie schnurstracks Seitenstraßen auf, um, von der Macht bis dahin sekundärer Bedürfnisse getrieben, irgendwo in einer nahe gelegenen Einfahrt oder einem Hausgang zu kotzen, zu pissen oder sich endlich gegenseitig an die Wäsche zu gehen. Im Prinzip stehen sie dann direkt vor meinem Laden.

Warum tue ich mir das eigentlich an? Weil ich in diesen zwei Wochen mehr verdiene als in den ganzen drei Sommermonaten davor. In der heißen Zeit ist meine komplette Ware nur Trödel. Die alten Polster müffeln, die Schränke und Kommoden dünsten den Geruch überständiger Mottenkugeln aus, vor allem die Bücher und Zeitschriften riechen nach Moder und Staub. Umsatzmäßig kann man den Sommer knicken. Im September stelle ich mein Sortiment auf Bavarica um. Herzen, Seppelhüte oder Fäkalhumor auf Naturholz, »Wenn's Arscherl brummt, is Herzerl gsund!«, kommen niemals in mein Schaufenster, aber Gamsbärte, Charivari oder handgeschnitzte Hirschhornknöpfe wohl. Der ausländische Gast vor meinem Laden versteht sofort, dass er bei Antiquitäten Gossec originale Souvenirs erbeuten kann.

Eine gewisse Geschmeidigkeit muss man in meinem Gewerbe schon an den Tag legen, wenn man überleben will. Auch ältere Mädchen besuchen heutzutage kein Geschäft mehr für Mieder- oder Galanteriewaren. Der Dessous-Shop und die Bijouterie laufen aber rasend gut. Dementsprechend hat sich mein Berufsstand vom Trödel-, Gebraucht- oder Nostalgiewarenhandel zu einer Art Kunstagentur entwickelt. Wir vermitteln Interessenten gut gepflegte Antikschätze und tragen in unserer Brusttasche vierfarbig gedruckte Visitenkarten mit Reliefprägung, auf denen ein besonders schönes Stück in appetitlich nussigem Braun den Kunden anstrahlt. In München trägt der Kaufmann den Pelz zwar inwendig, aber mehr als sonst wo gilt, dass schon der bloße Anschein von Schäbigkeit den beruflichen Selbstmord bedeutet.

Nachschub für meinen Laden bekomme ich über Haushaltsauflösungen, die ich kostenlos anbiete. Die guten Stücke wandern in mein Sortiment, der Rest wird an Ort und Stelle zu Kleinholz gehauen und entsorgt. Saisonal schichtet man das Angebot um, man hat Erfahrung, und im Herbst sind eben aus guten Gründen Bavarica absolut angesagt.

So lief es auch dieses Jahr, im Prinzip saugut. Pünktlich zum Einzug der Wiesnwirte wurde noch einmal die Sommersonne angeknipst. Dieser Pakt mit dem Himmel funktionierte so reibungslos und hielt die ganze Zeit über, dass Kernbayern schon allein deshalb immer katholisch bleiben wird. Gegen acht Uhr schloss ich den Laden und zog wie immer in diesen zwei Wochen den Rollladen vors Schaufenster, weil ich nicht testen wollte, wozu ein enthemmter Besucher mit einem geklauten Maßkrug und dem unstillbaren Drang nach meiner Ware fähig sein kann. Ich zog mich in meine Wohnung zurück, zwei Zimmer, Küche, Bad, direkt hinter dem Laden.

Bei der letzten Haushaltsauflösung hatte ich alte »Prinz Eisenherz«-Bücher entdeckt, die wollte ich in Ruhe durchblättern. Mit ein paar Selbstgedrehten und Weißbier hätte das ein beschaulicher Abend werden können. Man hat in diesen Zeiten keinen großen Aktionsradius. Mit dem Auto dem Rummel zu entfliehen, hätte bedeutet, auf Alkohol weitgehend verzichten zu müssen. An jeder nennenswerten Oktoberfest-Ausfallstraße war Polizei postiert, um die Betrunkenen aus dem Verkehr zu ziehen. Nach den harten und betriebsamen Tagen, wie sie im Moment zu absolvieren waren, hatte ich überhaupt keine Lust darauf, mit der Bieruhr im Kopf herumzulaufen. Und die öffentlichen Verkehrsmittel kamen für mich zurzeit auch nicht infrage. Man stand eingekeilt in der schwiemeligen Schar dieser Bayrisch-Herz-kostümierten Leute, die nicht einmal mehr vor dem Lodentanga zurückschreckten. Wie eine Planierraupe ist Landhausmode über den Geschmack dieser Republik gefahren. Schon deshalb ließ ich meinen alten Janker mit grünem Kragen dauerhaft im Schrank, mit dem ich mich noch vor etlichen Jahren in Göttingen als Förster vom Silberwald beschimpfen lassen musste.

Gegen halb neun hörte ich von draußen ein Klatschen auf dem Pflaster, als sei einer mit dem Gesicht voraus aufs Trottoir gefallen. Wenn ich irgendeine arme Sau liegen sehe, bricht sich die Pfadfindererziehung in mir Bahn. Also schaute ich lieber gar nicht hinaus. Gegen neun Uhr war jedoch nicht mehr zu überhören, dass jemand durch den unteren Türschlitz in meinen Laden hineinröchelte. Es war eine ganz seltsame Mischung aus rasselndem Schnarchen und schmerzvollem Stöhnen. Vorsichtshalber ließ ich die Ladentür geschlossen und ging hintenherum durch den Hof.

Tatsächlich lag auf der Schwelle ein Mann auf dem Bauch, Gesicht nach unten, wie in Schwimmhaltung einen Arm nach vorne, den anderen nach hinten. Es sah so aus, als wollte er durch die geschlossene Tür in den Laden kraulen. Seine Alkoholaura war derartig massiv, dass er sich promillemäßig in menschliche Grenzbereiche vorgewagt haben musste. Da er hin und wieder stöhnte, lebte er noch. Ich drehte ihn auf den Rücken. Er sah fürchterlich aus, das Gesicht blutig zerschrammt, das Hemd hing ihm halb offen aus der aufgeknöpften Hose, weil es so heillos Betrunkene da unten zwar irgendwie auf-, aber nicht mehr zukriegen, und er stank nach Urin, weil sie auch beim Pinkeln nicht aufhören können, vorwärts zu stolpern. Bierleichen sind normalerweise nicht mein Problem, man ruft die Sanitäter und lässt sie abtransportieren. Aber der da hatte keine Brieftasche, keine Armbanduhr, kein Handy, keinen elektronischen Schlossöffner und auch sonst nichts mehr, womit er sich als Mitglied unserer hoch technisierten Gesellschaft hätte ausweisen können. Mit anderen Worten: Man hatte ihn ausgeraubt. Seine Hosentaschen waren leer, nur oben in der Brusttasche seines Hemds steckte eine mehrfach gefaltete Einladung der Global Real Estate in das Bräurosl-Festzelt. Dahinter klebten zwei zerknitterte Visitenkarten. Danach lag der Landtagsabgeordnete Ernst Hirschböck aus Niederottling an der Ilz vor mir auf dem Boden. Ich klopfte ihm die Wange.

– Hallo!

Er riss die Augen auf und lallte, der Traublinger solle mit dem Wagen kommen.

Da war ich sicher, dass ich Hirschböck vor mir hatte, denn er sprach Niederbayerisch.

Es ist Auswärtigen schwer zu erklären, was einem Oberbayern niederbayerisch anmutet. Da ist etwas Gemeinsames bei gleichzeitiger Fremdheit, und die gibt den Ausschlag. Wer die in München geltende Regel abändern möchte, gehört automatisch nach Niederbayern: beim Schafkopfen einen Farbwenz spielen wollen. Einen Dialekt sprechen, bei dem jedes Wort so platt geklopft und wäldlerisch garniert wie ein Jägerschnitzel daherkommt.

Und Hirschböck war definitiv einer vom Land. Bäuerlich wirkten ja viele, wenn man sie aus dem Anzug stemmte. Ein rot geädertes Gesicht, tief angesetzter Scheitel und abstehende Ohren. Da machte man leicht den Fehler, diesen Menschenschlag zu unterschätzen. Aber sie waren schlau, zäh, hatten alles nötige Sitzfleisch für Verhandlungen, und verhandeln ließ sich immer etwas, sogar die ehernen Prinzipien, denn hierzulande zählt nie der Buchstabe des Gesetzes, sondern immer nur das große Ganze. Dieses große Ganze ist wie der Himmel über Bayern, im Prinzip ist er weißblau, aber manchmal halt nicht. Darin ist man ganz katholisch: Wenn man dem Menschen schon Gebote auferlegen muss, dann darf der auch mal kräftig ausscheren. Sonst macht das ganze Leben keinen Spaß.

Ich hob ihn auf und schleppte ihn in meine Wohnung. Dort hielt ich seinen Kopf unter die Brause, betupfte seine

Wunden mit Jod und flößte ihm eine Tasse furchterregend starken Pulverkaffee ein. Dass dieses probate Mittel unserer Vorfahren, den Alkoholpegel in nüchterne Bereiche runterzudrücken, ein Märchen war, wusste ich längst, aber so ein gallenbitteres, heißes Gebräu lässt auch im dumpfesten Schädel wieder ein paar Lämpchen aufleuchten.

Tatsächlich!

Der Traublinger solle kommen, ansonsten wolle er den Edi sprechen.

So kamen wir dennoch nicht weiter. In meinem Altkleiderfundus fand ich einen grauen Hausmeisterkittel, den ich ihm überzog. Nun waren seine Alkohol-Urin-Ausdünstungen auf ein erträgliches Maß heruntergedimmt. Ein böswilliger Mensch hätte ihm jetzt eines meiner gerahmten Sowjetplakate in den Schoß gelegt und ein paar Fotos geschossen. Fantasien in dieser Richtung hätte man genug, aber Wehrlosen gegenüber bin ich ein gutartiger Mensch.

– Taxi, schrie ich ihn an. Wohin?

Hirschböck hob den Kopf.

– Harlaching.

Das würde glattgehen. Also rief ich ein Taxi, steckte Hirschböck eine meiner Geschäftskarten oben in die Brusttasche, damit er sich, wie es in Bayern heißt, revanchieren konnte, setzte ihn in den Wagen und gab dem Fahrer, einem Türken mit viel Verständnis für betrunkene Einheimische, einen Zwanziger. Er solle ihn an den gewünschten Ort bringen. Als ich jedoch nach einiger Zeit durch das Fenster hinausschaute, sah ich, dass sich nichts getan hatte. Der Wagen stand unverändert vor dem Laden. Also ging ich nochmals hinaus und fragte, was los sei.

Hirschböck saß hinten im Fond und stierte vor sich hin. Der Türke war verzweifelt.

– Wohin? Die Straße!

– Meichelbeckstraße, nuschelte Hirschböck in dem ihm eigenen Dialekt.

Der Türke sah mich an.

– Was meint er? Meiselböck oder Meischelbach oder wie oder was?

Keine Frage, für einen Taxifahrer und seinen betrunkenen Gast war das der GAU. Selbst wenn man die Meichelbeckstraße noch astrein aussprechen konnte wie Hirschböck, ergab sich durch die unterstellte alkoholische und dialektale Verzerrung ein derart brutaler Parallaxenfehler, dass man so gut wie keine Chance hatte, dorthin gebracht zu werden, es sei denn, der Fahrer hätte gewusst, dass es eine Meichelbeckstraße wirklich gab.

– Meichelbeckstraße, wiederholte ich, Menterschwaige, kurz vor der Eisenbahnbrücke rechts.

Endlich fuhren sie los.

2

Gerade mal zwei Stunden durfte ich den feierabendlichen Frieden genießen. Dann klingelte es an meiner Haustür. Schnauze voll, dachte ich, ich wollte meine Ruhe. Ich hatte es mir mit Zigaretten, Bier und »Prinz Eisenherz« wieder gemütlich gemacht. Das Weißbierglas setzte ich ganz unauffällig ab, um nicht herumzuscheppern. Eine verfehlte Maßnahme, vielleicht wäre Lärm besser gewesen. Bald darauf rasselte ein Schlüsselbund an meiner Tür, und schneller, als ich hochfahren konnte, standen zwei Herren in passablen grauen Anzügen im Flur. Der Erste trug ein grünes Polohemd, der Zweite ein rotes, trotzdem sah das stark nach Dienstkleidung aus.

– Guten Abend, Herr Gossec, sagte der Vordermann.

Das klang ziemlich höflich, auch das Lächeln des Hintermanns wirkte ausgesprochen schüchtern. Geradezu sympathisch. Ich war vollkommen verdattert.

– Was gibt's, fragte ich.

Der Grüne hob den Dietrich hoch, den er noch in der Hand hatte.

– Zunächst einmal müssen wir uns entschuldigen für unser überraschendes Eindringen …

– … aber wir sahen Gefahr im Verzug, ergänzte der Schüchterne.

– Und da reagiert man gern mal ein wenig über, nahm der Grüne den Faden wieder auf.

Er zog meine Geschäftskarte aus seiner Reverstasche.

– Der Herr Staatssekretär hatte die bei sich.

Mir entging nicht, wie der Schüchterne mit geübtem Blick meine Wohnung förmlich abscannte, auf der Suche nach Auffälligkeiten und Spuren, von denen ich nicht wusste, worin sie hätten bestehen können. Die Situation war hochgradig absurd, aber ich hatte das sichere Gefühl, dass es besser war, wenn ich mich fügte.

– Also bitte, sagte ich, sehen Sie sich ruhig in meinen Räumen um. Und dann erzählen Sie mir Ihre kleine Geschichte.

Die beiden ließen sich nicht lange bitten. Alles ging fast

geräuschlos vor sich, da waren Spezialisten am Werk. Nach einiger Zeit waren sie wieder bei mir.

– Alles bestens …

– Keine Brieftasche, kein Handy gefunden, fragte ich süffisant.

Schmerzliches Bedauern fältelte das Gesicht des Schüchternen.

– Du meine Güte, darum kümmern wir uns nicht. Sehen wir denn aus wie Schutzmänner?

– Hatte denn der Herr Staatssekretär ein Schriftstück bei sich, so eine Art Exposé, brachte der Grüne den eigentlichen Gedanken zur Blüte.

– Eine Einladung zur Wiesn, zwei Visitenkarten, sonst null, erwiderte ich.

– Ach herrje!, jammerte der Schüchterne.

Gram schien ihn aufzuzehren. Jetzt wurde es mir doch zu bunt.

– Und in welche Abteilung gehört ihr zwei denn?

– Sie müssen entschuldigen, begann der Schüchterne, aber …

Wieder übernahm der Grüne.

– Waren Sie vielleicht auch auf dem humanistischen Gymnasium? Ich bin in Ettal zur Schule gegangen.

– Nie, erwiderte ich.

– Aber was Prätorianer sind, wissen Sie schon?

– Sicher.

– Na also, freute sich der Schüchterne.

Das Frappierende an dieser Nullauskunft war, dass ich sie dennoch auszulegen versuchte. Man spürt einem Sinn hinterher, wo keiner ist. Das System da oben ist beschäftigt, und schon ist einem die Initiative entglitten. Wieder war es der Grüne, der das Gespräch zielgerichtet vorwärtsbrachte.

– Nach Lage der Dinge können wir uns nur für Ihr couragiertes Verhalten bedanken. Der Staatssekretär in hilflosem Zustand. Durch K.-o.-Tropfen von den Beinen geholt ...

Das also war die offizielle Version.

– ... ausgeraubt ...

– ... da haben Sie sicher Schlimmeres verhütet.

Der Grüne gab mir die Hand, mit der Linken klopfte er mir auf die Schulter. Eine Geste, so golden wie ein Orden. Der Schüchterne nickte anerkennend und knuffte mich in die Seite. Ich hatte zwei neue Freunde gewonnen. Genau genommen drei, aber der dritte Mann wusste in seinem Alkoholdelirium noch nichts davon. Als sie weg waren, fiel mir zum ersten Mal ein, dass ich mich wenigstens nach dem Namen dieser perfekten Dienstsymbiose hätte erkundigen können. Aber wahrscheinlich hätte sich der Schüchterne Maier zwo und der Grüne Müller fünf genannt. Oder so ähnlich. Solche Leute kommen schon in Tarnanzügen auf die Welt.

3

Ein paar Tage später lernte ich Traublinger kennen. Er fuhr in einem BMW mit getönten Scheiben vor meinem Laden vor. Die letzten Wiesntage waren angebrochen. Obwohl schon Oktober, war es untertags immer noch heiß. Erst abends wurde es empfindlich kalt. Traublinger war ein vierschrötiger

Kerl mit dem Kampfhaarschnitt eines amerikanischen Marine. Seine Augen waren hinter blau verspiegelten Sonnengläsern von den Ausmaßen einer Ganzkörper-Skibrille verborgen. War auch besser so, denn seine Gesichtszüge verrieten nichts Gutes. Sie waren kantig und grob, wie mit einem Stechbeitel aus einem Holzklotz herausgeschlagen. Traublinger stieß derart wuchtig meine Ladentür auf, dass er beinahe die Glocke aus der Verankerung gerissen hätte.

– Langsam, Freund, sagte ich.

– Traublinger, erwiderte er barsch. Büro Hirschböck.

Erwartungsvoll sah er mich an. Dann warf er ein in Papier gewickeltes Päckchen auf den Ladentisch. Kerle wie er machten mich aggressiv.

– Ja was denn nun, fragte ich. Soll ich salutieren, oder gehen wir gleich zum Exerzieren in den Hinterhof?

Traublinger streckte seinen Grobschädel über die Theke. Dabei hob er den rechten Arm an, um seine Achsel darzubieten.

– Ha, ha, ha. Sie dürfen mich kitzeln, vielleicht lache ich dann.

Ein ungutes Lüftchen wehte mich an. Typen wie Traublinger stehen bis zur Halskrause unter Testosteron. Sie tragen zwar frisch gebügelte Hemden, duschen dreimal täglich und rasieren sich ebenso oft. Aber das bringt nichts, sie riechen trotzdem büffelig, weil so hochgetaktete Männer wie er auch im Ruhezustand die schweißige Energie von Moschusochsen absondern. Ich trat einen Schritt zurück.

– Also, worum geht es?

Mit beiden Händen riss Traublinger das Papier vom Päckchen und holte ein in Plastik gehülltes graues Teil hervor.

– Erstens: der Kittel. Gereinigt und fachmännisch kunstgestopft.

Er warf ihn vor mich hin.

– Zweitens: das Fahrgeld.

Er hielt ein Kuvert hoch, öffnete es und ließ einen Hunderteuroschein hervorspitzen.

– Hoppla. Mit Bakschisch vom Effendi. Da sag ich aber ganz herzlich Vergelts Gott!.

– Bloß nicht frech werden.

– Frech, ich? Für einen, der an dem betreffenden Abend die Sache vergeigt hat, reißen Sie hier ganz schön das Maul auf. Mehrfach hat Ihr Chef gejammert, Sie möchten ihn nun endlich abholen. Wo waren Sie eigentlich?

Traublinger schlug mit der flachen Hand auf meine Theke, dass meine alte Registrierkasse einen Satz machte.

– An mir lag's nicht! Ich habe mit dem Wagen an der verabredeten Stelle gewartet. Stundenlang. Wer nicht kam, war er.

– Brav, sagte ich. Dann grüßen Sie den Chef mal schön von mir. War mir ein Vergnügen.

Ich ging zur Tür und hielt sie auf. Ich wollte nicht meine Einrichtung unter den Händen dieses Rohlings zerschmettert sehen.

Traublinger ging an mir vorbei. An der Tür fasste er sich in die Brusttasche und zog ein handgeschriebenes Billet hervor.

– Das Wichtigste hätte ich beinahe vergessen.

Er ließ es in meinen Hemdausschnitt fallen.

– Wiedersehen!

Dann brachte er den BMW zum Brüllen. Was folgte, war ein Kavalierstart mit einer so sagenhaften Beschleunigung, dass der Fahrer den gewünschten Schlag ins Kreuz bekam.

Ich fummelte das Papier aus meinem Hemd. Hirschböck hatte ein paar Zeilen geschrieben. Der Kernsatz lautete: »Sollten Sie sich gelegentlich auch einmal in einer Verlegenheit befinden, so zögern Sie nicht, mich zu verständigen. Ich helfe gern. Ihr Ernst Hirschböck.« So etwas ist in Bayern Gold wert. Wenn ich aus dem Regensburger Dom ein Parkhaus machen wollte, musste ich nur meinen Freund Ernst anrufen.

4

Ich fing an, die ganze Geschichte zu vergessen. Sie verblasste so schnell wie das verflossene Oktoberfest. Damals ahnte ich noch nicht, dass die Sache eine turbulente Fortsetzung finden würde.

Nach der Wiesn wird es in München ziemlich ungemütlich. Den goldenen Oktober hat man dann schon verjuckelt, die letzten Buschhemden samt Twelve-Pocket-Bermudas sind unwiderruflich aus dem Stadtbild verschwunden und in der Urlaubskiste versenkt. Im Schlachthofviertel haben wir einen todsicheren Hinweis auf den Beginn der kälteren Jahreszeit: Plötzlich stinkt es nicht mehr, weil der Kadavergeruch nicht mehr aus den Gullys hochgedrückt wird. Auf den vertrauten Gestank wird man lange warten müssen, er kommt erst als Frühlingsbote wieder. Im Herbst ziehen von den Isarauen Nebelschwaden herauf, das Pflaster ist nass von dieser feuchten Kälte, die einen richtig klamm macht. Irgendwo ganz oben ist der Himmel immer blau, aber das nützt einem nichts, wenn man nur graue Wolken sieht. Mir schlägt das alles empfindlich aufs Gemüt, schon der Morgen ist so bleiern, dass man den Resttag getrost in die Tonne treten könnte. Und was soll denn da noch rauskommen, wenn man den Tag mit Schokolebkuchen und Glühwein beginnen müsste, um sich in Stimmung zu bringen?

Ich machte mehr Sport und ging öfter mal spazieren. Aber lange hielten solche Programme meist nicht vor. Man solle allem und allen mit einem Lächeln begegnen, sagt der Dalai-Lama, das mache einen selber froh. Da war was dran, das wusste ich, weil auch das Gegenteil stimmte. Wenn einer wie ich die Zähne nicht auseinanderbekam, begegnete er allem und allen nur noch mit der Panzerfaust. Logischerweise war ich in diesen Zeiten fast ausschließlich mit dem Unangenehmen konfrontiert.

Diverse Überschwemmungen hatten den spärlichen Grasbewuchs in den Isarauen erheblich dezimiert. Um die Lehmwüste in Wiese zu verwandeln, hatte die Stadtgärtnerei auf großen Flächen Gras ausgesät, sie umzäunt und mit einem weitmaschigen Naturfasernetz geschützt. Davor waren große Schilder aufgestellt, die darum baten, diese Flächen nicht zu betreten. Auf einem meiner Spaziergänge sah ich, wie mitten in diesem Gelände ein fetter Kerl mit grüner Armeekappe stand.

– He, schrie ich, raus da, oder kannst du nicht lesen?

Seelenruhig zündete er sich eine Zigarette an und schnippte sein Streichholz ostentativ auf den Boden.

– Raus, schrie ich noch mal, oder ich schlepp dich da runter.

Er nahm einen tiefen Zug, inhalierte und grinste dabei.

– Versuch es doch, Arschloch.

Dann beugte er sich zur Seite und knipste seinen Hund von der Leine, ein schwarzes, breitschultriges, muskulöses Vieh, das knurrend die Lefzen hochzog und Eckhauer wie ein Säbelzahntiger zeigte. Das also ließ ihn so ruhig und gelassen auftreten. Wie recht hatte doch der Dalai-Lama, auch solchen Ekelpaketen sollte man gelegentlich lieber mit einem Lächeln begegnen, denn die Konfrontation mit einem Kampfhund konnte einen unglücklich machen. Ich musterte ihn genauer, um abschätzen zu können, was mich erwartete. Er hatte nicht die faltige Lappenschnauze eines Mastino, ebenso wenig den Schweinekopf eines Bullterriers oder das breite Maul eines Mastiffs. Eigentlich sah er aus wie eine italienische Promenadenmischung nach Gladiatorenart.

– Zitto, zischte ich.

Tatsächlich hielt der Hund einen Moment lang inne. Ich hatte also einen Italiener vor mir. Diese Tiere waren leidgeprüfte Streuner. Wenn sie sich einem Haus oder einem gefüllten Napf näherten, wurden sie mit Steinwürfen vertrieben. Ich bückte mich, hob einen Stein auf und holte aus. Winselnd und in ausgreifenden Sätzen verschwand der Köter hinter einem Busch. Das überlegene Grinsen des Dicken war ausgeknipst, als hätte ihm jemand den Stecker gezogen. Ich winkte ihn zu mir her. Als er vor mir stand, schlug ich ihm die Kappe vom Kopf. Gewaltbereitschaft muss man unmissverständlich signalisieren, sonst verliert man bei solchen Typen sofort jede Autorität und sie werden wieder zeckig. Er bückte sich, hob seine Mütze wieder auf und klopfte den Dreck an seinem Oberschenkel ab. Ich fasste ihn am Unterarm und führte ihn zu dem Schild.

– Lies doch mal vor, sagte ich.

– »Münchner Bürger schützt eure Anlagen. Achtung, empfindliche Aussaat, bitte nicht betreten«.

– Sehr schön. Eigentlich klar, verständlich und nachvollziehbar, oder?

– Eigentlich schon, würgte er.

Aus den Augenwinkeln beobachtete er mich, um rechtzeitig abtauchen zu können, wenn ich noch mal hinlangte. Ich streckte ihm stattdessen die Hand hin. Zögerlich schlug er ein.

– Dann haben wir ja heute was gelernt. Lass dich bloß nicht mehr von mir erwischen.

Als ich weiterging, fand ich meine Aktion ziemlich beschissen. Der Deutsche hat was vom graukitteligen Blockwart in den Genen, ich offenbar auch. Man brettert an dem auf der Mittelspur fahrenden Kleinwagen mit zweihundertfünfzig Sachen vorbei. Statt ihm den Stinkefinger zu zeigen, möchte man ihm was fürs Leben mitgeben und fährt dann ostentativ schnurgerade rechts, um dem kleinen Arschloch zu demonstrieren, wo es eigentlich hingehört.

Im *Sendlinger Boten*, den sie mir aus Gründen der Reichweite vierzehntägig vor die Tür werfen, stand neulich, dass die beiden Offizianten des Deutschen Automobilvereins zu Hausmeistern des Jahres gekürt wurden. Fehlte nur noch der Hinweis, dass sie damit automatisch für den in irgendeiner Rechtsradikalen-Hochburg stattfindenden nationalen Wettbewerb qualifiziert waren, bei dem der Sieger im »La Paloma«-Zwitscherpfeifen ermittelt wird. Niemand tiriliert das so anrührend wie der deutsche Hausmeister beim Hofkehren. Im Beiprogramm ein Chor von Pedellen aus Nordrhein-Westfalen, die als

Donkosaken verkleidet die schönsten Motive aus »Doktor Schiwago« darbieten. Pfeifen können sie wie Nachtigallen, das kann dem deutschen Hausmeister niemand nehmen.

Hausmeisterin einer ganzen Dekade blieb jedoch die unvergessene Frau Pröstl aus der Schluderstraße am Rotkreuzplatz, wo ich früher einmal gewohnt hatte. Wer sich ihr gegenüber nicht anständig beim Treppenhausputzen aufführte, bekam die Fußmatte »Schwein der Woche« mit einer rosig grinsenden Sau vor die Tür gelegt. Wenn alles zu gut und zu harmonisch lief, ließ sie gelegentlich selbst im Hof bei einigen Fahrrädern die Luft ab, denn der Hausmeister benötigt zur Festigung seiner Herrschaft das flagrante Chaos und den Hilfe heischenden Nachbarn.

Mein Gott, zu was für abseitigen Gedanken verleiteten einen diese nebligen Tage.

Aber auch der Sport half mir hier nicht aus der schlechten Laune. Ich war schon seit Jahren Abonnent in »Ben's Kraftstudio«. Früher war man ein Exot, wenn man eine Muskelbude besuchte. Ich brauchte das schon immer, denn ich lebe von diesen Haushaltsauflösungen. Wie käme ich sonst an den Trödel, den ich als Antiquität in meinem Laden verkloppe? Ein Bandscheibenvorfall oder Hexenschuss kann meinen Ruin bedeuten. Deshalb ist eine gute muskuläre Ausstattung für mich lebenswichtig. Wer regelmäßig so ein Kraftstudio besucht, kann einen sozialen Brennpunkt unserer Zeit intensiv studieren. Ben's Studio wird von immer mehr Grauköpfen frequentiert. Gut gelaunte Rentner, die nach einem gemütlichen Frühstück mit ihrer Sporttasche ins Studio zackern. Sie sind fit wie Mungo, neben dem Krafttraining fahren sie noch Rennrad, schwimmen regelmäßig und treffen sich zu geselligen Wanderungen. Seit Neuestem bringen sie auch noch ihre Frauen zur Körperertüchtigung mit. Diese Generation schickt sich mit ihren noch komfortablen Rentenbezügen an, unsterblich zu werden.

Am Abend eines solchen Katastrophentages beschloss ich, mir einen Stimmungsaufheller zu spendieren. Mit dem prall gefüllten Oktoberfestsäckel konnte ich mir noch ein paar Sonnentage auswärts gönnen. Allein reisen kann ich nicht. Also wollte ich meinen Freund Julius zur Mitfahrt überreden.

5

Julius Balser war bis vor ein paar Jahren so etwas wie ein erfolgreicher Kleinunternehmer. Er hatte ursprünglich Rechner samt Peripherie repariert, später dann in Firmen Netzinstallationen gemacht. Frühzeitig war er ins Internetgeschäft eingestiegen. Allen, die sich dort weltweit präsentieren wollten, bot er einen Komplettservice. Julius verdiente gut und freute sich, wenn er mich mit seinen paar angelernten Brocken Wirtschaftsenglisch beharken konnte. Dabei gehörte ich noch nie einer »Old Economy«, sondern der Abfallwirtschaft an, denn ich sorge dafür, dass Leute kaufen, was andere wegwerfen. Aber Julius ist auch auf dem Gipfel seines geschäftlichen Erfolgs eine gute Haut geblieben, der mir mehr als einmal mit Krediten aus der Klemme geholfen hat. Damals war er eine große Nummer, der von Herrn Biereisl, dem Filialvorstand seiner Bayerischen Volksvereinsbank, persönlich gefragt wurde, ob er nicht vielleicht ein bisschen mehr Kredit in Anspruch nehmen möchte, um das Geschäft auszubauen. Julius musste ihm in die Hand versprechen, den irgendwann fälligen Börsengang nur mit ihm durchzuziehen. Später, als alles vorbei war, tat Biereisl kund, dass Leute wie Julius mit ihren Gespinsten beinahe das kerngesunde Bankgewerbe zu Fall gebracht hätten.

Die Geschäfte waren nicht nur schlechter geworden, auch die Konkurrenz hatte sich verschärft. Vor gut zehn Jahren gab es im angrenzenden Glockenbachviertel noch eine Vielfalt von Milch-, Feinkost- und Gemüseläden. Inzwischen sind dort Chocolaterien und Internet-Jungfirmen eingezogen. Plötzlich bevölkerten Käsekuchengesichter mit stylischen Brillen, die optische Akzente wie Ohrfeigen verabreichten, die Szene. Dazu trugen die jungen Männer angepappte Helmfrisuren nach Art des frühen John Lennon und vor allem Ringe an den Daumen. Diese ständig fußwippenden Techies konnten Handy, Keyboard und TV-Fernbedienung gleichzeitig steuern, und wenn es sein musste, arbeiteten sie für lau, weil es trotzdem Spaß und Renommee brachte.

Im Vergleich zu ihnen wirkte Julius wie ein tapsiger Saurier im Endstadium. Wenn er zu einem Kunden musste, begann er schon Tage vorher seinem Unmut Luft zu machen. Diese Idioten hatten von nichts eine Ahnung und wollten ihm auch noch Vorschriften machen. Aber zu wenig bezahlen. Bevor er aufbrach, zwängte er sich in einen grauen Kaschmirpullover, in dem er aussah wie eine schwangere Maus, und saß dann schlecht gelaunt, mit apoplektisch roter Birne beim Kunden, der mit so einem Rechthaber sehr bald nichts mehr zu tun haben wollte.

Der Aufprall war ziemlich hart. Julius musste seine Haidhauser Wohnung kündigen und zog in sein Büro in der Zenettistraße. In Schwabing würde man so eine Hinterhoflocation Loft titulieren, im Schlachthof ist der ehemalige Metzgerbetrieb nur eine heruntergekommene Hinterhofbude, deren Wände dauerhaft mit Lyoneraroma imprägniert sind. Dort lag Julius mit für gewöhnlich rot gekifften Rattenaugen und bei zugezogenen Vorhängen im Bett und verschaffte sich mit seinem Infrarotkeyboard alle nötigen Informationen über die Welt da draußen. Von hier aus ließen sich alle Pizza- und Asiafood-Dienste weltweit steuern. Im Kiffernet konnte man diskutieren, was sich gegen seine chronische Bindehautentzündung tun ließ, um nicht wie ein Alien auszusehen. Da die verbliebenen Kumpels ebenfalls stets online waren, überkam Julius nie Einsamkeit. Über Temperaturen und Schauerwahrscheinlichkeit in Prozent war er bestens informiert, ohne je den Finger ins Freie halten zu müssen, weil er die Daten immer aktuell auf dem Monitor hatte. Julius verließ sein Wohnbüro eigentlich nur noch, um sich Schweizer Hochlandshit von seinem Lieferanten zu besorgen. Bei dieser Gelegenheit schaffte er auch größere Mengen Nudelterrinen und Fruchtbuttermilch in seinen Bau.

Meine Interventionen waren bislang fruchtlos geblieben. Als ich ihn neulich besuchte, lag er wie immer im Bett, so breit wie eine XXL-Pizza. Ich warf ihm seine Post hin, die ich aus dem überfüllten Briefkasten gepuhlt hatte. So ging es los mit dem Absturz ins Pennertum. Er hob wortlos die Hand und starrte auf den großen Bildschirm, den er auf einem Regal am Fußende seines Betts aufgestellt hatte. Er blätterte sich durch eine Galerie nackter Frauen.

– Was soll denn das?, fragte ich. Hast du nichts Besseres zu tun, als Pornos zu gucken?

Julius schürzte schmollend die Lippen.

– Studien sind das.

Ich lachte.

– Ich würde sagen: nackte Weiber. Frisch aus dem Hasenstall.

Er frischte mit einem kräftigen Schluck seine weiße Buttermilchschnute auf.

– Europäische Ethnologie, wenn du es genau wissen willst. In unserem Forum wird das rauf und runter diskutiert.

Man war ja einiges gewöhnt. Mein Vater sagte auch immer, wenn er *Dallas* im Fernsehen anschaute, er wolle nur sehen, was die Amerikaner heutzutage in ihren Serien so alles anstellten. Demgegenüber war Julius' Ausrede geradezu steil.

– Aha. Und worum geht es in dieser Ethnologie?

– Sitten und Gebräuche von Einheimischen, antwortete Julius.

– Hoppla!

Julius richtete sich auf und zog seinen Tabaksbeutel unterm Bett hervor.

– Warum nehmen wir Ketchup zur Currywurst? Wieso backen die Italiener keine Brezeln? Warum haben wir in München die Weißwurst und nicht den Ansbacher Presskopf erfunden? Das ist europäische Ethnologie, mein Gutester.

Sein arrogantes Gehabe brachte mich auf die Palme.

– Und was erforscht du, bitte schön!, an nackten Weibern, die du dir massenhaft vom *Playboy* downgeloadet hast?

Einhändig drehte sich Julius seine Zigarette. Fehlte nur

noch, dass er den kleinen Finger dabei abspreizte. Er warf mir den Beutel zu.

– Also, ein Kumpel von mir hat einen Sohn, und der studiert Ethnologie in Berlin. Sein Spezialgebiet ist Mode. Im Wandel der Zeit und so.

Er zündete seine Zigarette an und nahm einen tiefen Zug.

– Und was man da so am Körper macht. Frisuren, Tattoos, so Sachen, verstehst du. Und da hat bei uns im Forum jemand die Frage aufgebracht, wann das eigentlich angefangen hat mit der Schamhaarrasur.

Mit dem großen Zehen zog er den Aschenbecher zu sich her.

– Wenn du dir heute nicht den Sack rasierst, bist du ein Dreckbär. Wieso eigentlich? Dieses Thema ist ein Knaller! Aber da hieß es dann, so etwas kann der Junge nicht untersuchen, weil er keine Datenbasis hat. Und da habe ich nachgedacht.

Triumphierend sah er mich an.

– Fünfzig Jahre *Playboy*, logisch! Alle Covergirls. Super-Datenbasis. Da kannst du das minutiös nachvollziehen. In den sechziger Jahren siehst du nichts, da durften sie da unten noch nicht fotografieren, aber in den Siebzigern haben die alle noch so richtig Wolle zwischen den Beinen. Mitte der Achtziger geht es dann los: ganz klar gestutzt, aber so, dass niemand es merken soll. Der Natur ein bisschen nachgeholfen. Ende der Achtziger wird es krass. Richtig künstliche Formen, wie sie nie wachsen können, bis hin zu dem schmalen Menjoubärtchen, das sie heute alle tragen.

Der Mensch war mir regelrecht unheimlich geworden.

– Jetzt mal das Wort zum Sonntag von mir. Aber ernst gemeint. Es ist geradezu erschütternd, womit du deine Zeit totschlägst. Das sage ich dir als alter Freund. Dass du in der Krise steckst, weiß ich. Aber gleich so?!

Julius schluckte. Langsam ließ er sich auf den Rücken sinken und starrte die Decke an.

– Ich habe auch wieder angefangen, Gitarre zu spielen, sagte er nach einer langen Pause. Vielleicht reicht's ja bald für ein paar Gigs, einen Geburtstag oder sonst ein Jubiläum, wo sie die alten Nummern hören wollen.

Lauernd sah er mich an. Aber mir platzte der Kragen.

– Gitarre spielen!, schrie ich los. Und demnächst wieder Lego? Bis du denn irre, Mann. Wo lebst du überhaupt? Du machst ja nicht einmal mehr deine Post auf, du Penner.

Jetzt war Julius erschüttert. Er schob seine ständig verschmierte Brille die Nase hoch. Dann setzte er sich auf und rutschte auf den Bettrand.

– Gossec, du bist ein Wüstling. Bin ich nicht genug im Arsch? Musst du jetzt auch noch auf mich eintreten?

Seine Augen schimmerten feucht. Er tat mir leid. Trotzdem! Ich packte den Briefstapel und warf ihn auf sein Bett.

– Durchgucken! Rechnungen wenigstens nach einem halben Jahr bezahlen.

Jetzt fiel mir auf einem Briefumschlag ein Logo auf, das ich schon mal gesehen hatte. *Global Real Estate.* Hirschböck hatte eine Einladung von ihnen gehabt. Eine Immobilienfirma. Ein Verdacht stieg in mir auf.

– Julius, absolut Klartext: Überweist du eigentlich noch Miete?

Julius sah mich unendlich traurig an.

– Schau her, du glaubst mir ja sonst sowieso nicht.

Er holte alle Überweisungen auf seinen Bildschirm, die er getätigt hatte. Jeden Monat ging die Miete ab. Gott sei Dank!

Dieser Zusammenstoß war vor zwei Wochen gewesen. Als ich nun zu ihm unterwegs war, um meinen Ferienplan vorzutragen, war mir klar, dass ich diesmal ganz diplomatisch und feinfühlig sein musste. Er war zurzeit in einer prekären Situation: so gut wie arbeitslos, ständig bekifft, dazu jahreszeitbedingt schwer depressiv. Ich sagte ihm, dass ich ein Haus am Meer mieten wolle und Platz genug hätte. Und dass ich mich freuen würde, wenn er das Flugticket finanziell im Kreuz hätte und mitkäme.

Mein Vorschlag war ein Volltreffer. Julius stand auf, zog seine Boxershorts bis unter den Bauchnabel und schlüpfte in seine Tageshose. Dann checkten wir gemeinsam alle Webcams in Sizilien, samt einschlägiger Wetterprognosen, buchten ein Häuschen bei Cefalú und zwei Flugtickets nach Palermo.

Eine Woche später gaben wir uns zu nachtschlafender Zeit große Mühe, den Erdinger Großflughafen als lässige Abenteurer zu bewältigen. Julius trug geflochtene Ledermokassins ohne Socken, eine zerknitterte Leinenhose und hatte einen Armeesack geschultert. Ich gab wie immer in den Ferien den Großstadtcowboy, einen Neil Young im Vorstadium der Verwitterung, und führte aus meiner Antiquitätenkollektion einen Krokokoffer an der Hand, der Zsazsa Gabor Entzückensschreie entlockt hätte. Von präsenilem Reisefieber getrieben, waren wir viel zu früh, weswegen wir uns noch ein ausgiebiges Weißbierfrühstück gönnten. Dann schnürten wir pfeilgerade in den Billigflieger.

6

Drinnen fiel es mir plötzlich wieder ein. Wir hatten unsere Sitze nach hinten gestellt und waren beide kurz davor einzunicken. Aber in diesem Halbdämmerzustand wird die Abteilung Verdrängtes und Vergessenes in einem gern aktiv.

– Global Real Estate, fragte ich. Warum kriegst du von denen Post?

– Schreiben mir oft.

Julius gähnte und riss dabei den Mund so weit auf, dass die Kiefergelenke knackten.

– Aber Reklame schmeiße ich weg. Ich brauche keine Eigentumswohnung.

Dann schliefen wir eine Runde. Man verpasst ja nichts mehr, die Zeiten von Gratisalkoholika und -verpflegung sind vorbei. Auch die Stewardessen tragen keine Kostüme mehr aus feinem Tuch, sondern sehen in ihrem Polyesterwams wie Thekenmädels der nächstgelegenen Burgerbraterei aus. Und die Geldbörsen und Uhren der Airline-Edition würden es ihrer eingebauten Hinfälligkeit wegen nie bis zur Antiquität schaffen.

Als wir in Palermo den Flieger über die Gangway verließen und italienischen Boden betraten, wussten wir sofort, dass wir hier richtig waren. Die Sonne brannte herunter wie in alten Zeiten. Wir genehmigten uns einen doppelten Espresso an der Bar und fuhren mit dem Bus nach Cefalú. Des Gepäcks wegen stiegen wir dort in ein Taxi.

Versucht der Nordmann einer tiefen Gemütsbewegung stimmlichen Ausdruck zu geben, gründelt er im Bassbereich. In Deutschland regiert die baritonale Mittellage. Jenseits der

Alpen beginnt der Tenor. So gesehen, bildet Sizilien das andere Extrem dieser Skala. Nicht einmal ein junger Hund hätte »Gente di mare« in solcher Höhenlage winseln können, die unser Fahrer mühelos erklomm.

Das Haus lag tatsächlich am Meer. Es stimmte also, dass die Mafia durchgegriffen hatte, um dem Touristen ein gutes Gefühl zu verschaffen. Und der hat es nicht gern, wenn man ihn übers Ohr haut und ihm Beutel oder Täschchen klaut. Über eine Treppe erreichte man den Strand. Zwar standen ringsherum jede Menge Ferienhäuser, die in Sizilien wie Schuhschachteln aussehen, aber wir waren weit und breit die einzigen Gäste. Mit einer gemieteten Vespa waren unsere Versorgungsprobleme schnell gelöst, und wir hatten ausreichend Wein, Öl, Nudeln, Chili und Knoblauch gebunkert. Tagsüber lagen wir unten am Meer, gegen Abend ließen wir uns in der Bar sehen, und nachts wurden feurige Knoblauchnudeln gekocht, die von Mal zu Mal besser gelangen und schmeckten. Am ersten November nahmen wir ein Bad im Meer und gedachten Allerheiligen, drei Tage später waren wir bereits wieder auf dem Rückweg. Rotbraun wie zwei Apachenhäuptlinge standen wir in Erding.

Die Wiederbegegnung mit dem Münchner Wetter war brutal: Schneegrieß rieselte vom Himmel. Jetzt gab es kein Vertun mehr, das waren keine Eisheiligen, keine Schafskälte oder ein sonst wie maskiertes Schönwetter, das war die kalte Jahreszeit höchstpersönlich. Trübsinnig dackelten wir von der U-Bahn Poccistraße nach Hause. Bevor Julius in seinem Hinterhof verschwand, fielen wir uns noch mal um den Hals, versicherten uns gegenseitig, dass wir einen tollen Ausflug gemacht hätten, und dann wollte ich meiner Wege gehen. Weit kam ich nicht, vielleicht hundertfünfzig Meter. Dann brüllte Julius hinter mir her. Das war der Schrei der gequälten Kreatur.

7

Schon von außen sah man, dass mit Julius Büro etwas nicht stimmte. Die Vorhänge waren nicht zugezogen. Wenn man genauer hinschaute, bemerkte man, dass es gar keine mehr gab. Das Wohnbüro war leer, komplett ausgeräumt. Die Geräte ebenso wie die Platinen, Chips, Transistoren, Widerstände und Lötzinnrollen waren weg. Nicht einmal ein Schrotthändler, der als Einbrecher unterwegs war, hätte diesen ganzen Krempel mitgenommen. Die Tür war der Einfachheit halber zugemauert worden. Dort pappte ein Zettel, dass weitere Hinweise im Hausbriefkasten seien. Hier fand sich ein Brief von Rechtsanwalt Zwicklhuber. Sein Klient habe in den zurückliegenden Wochen mehrfach angemahnt, das vertragswidrige Sperrmülllager, in das Herr Balser die Mietsache verwandelt habe, unverzüglich zu räumen. Eine Reaktion sei nicht erfolgt. So habe man die Mietlogistikspezialisten von Bärnbichl und Partner beauftragt, die nötigen Schritte einzuleiten. Weiteres erfahre man dort. Hochachtungsvoll, gezeichnet RA Zwicklhuber.

Julius war in die Knie gegangen, er hockte auf der Treppe und verbarg sein Gesicht in den übereinandergeschlagenen Armen, die er auf den Oberschenkeln aufgestützt hatte. Als ich ihn hochzog, war er so bleich, dass auch Rescue-Tropfen nicht ausgereicht hätten, ihn wieder auf die Beine zu stellen. Da ich sonst nichts zur Hand hatte, schleppte ich ihn in Erikas Stehausschank, wo ich ihm einen Dreifachen servieren ließ. Zur Stabilisierung seines Zustands wiederholten wir diese Kur noch einmal. Er tat mir so leid und war schließlich Freund genug, dass ich ihn mit zu mir nahm. Das sollte sich als folgenschwerer Schritt erweisen. In dem kleinen Zimmer habe ich eine Klappliege. Dort platzierte ich ihn. Er legte sich hin, deckte sich zu, rollte sich zur Seite und schlief ein. Erikas Kur zeigte Wirkung.

Als ich am anderen Morgen aufwachte, saß Julius bereits an meinem Rechner. Bevor er sich in das wirkliche Leben hinauswagte, checkte er zunächst einmal das Netz. Immerhin hatte er zutage gefördert, dass die Anwaltskanzlei Zwicklhuber in Nymphenburg an der Nördlichen Auffahrtsallee gemeldet war. Bei dem sogenannten Mietlogistikspezialisten Bärnbichl handelte es sich um einen professionellen Entmieter, der bereits einschlägig von sich reden gemacht hatte. Er warb mit dem Slogan, dass sein Team die Sprache der Mieter unzweideutig spreche. Ihre Spezialität waren Mietnomaden; hier habe das Team die besten Erfolge erzielt, indem man die Betrüger mit Nachdruck an ihre Zahlungsrückstände erinnert und sie höflich, aber bestimmt gebeten habe, die Mietsache unverzüglich zu räumen. Sich auszumalen, wie das ablief, dafür brauchte man keine große Fantasie.

– Ruf an, sagte ich zu Julius.

Julius guckte so verschüchtert wie ein dickes Karnickel mit Hängeohren.

– Einfach so?

Ich stellte ihm den Apparat hin und schaltete auf Mithören. Am anderen Ende war Adi Bärnbichl persönlich. Seiner Stimme nach zu urteilen, kämpfte er sich aus den Niederungen eines brutalen Katers ins Leben zurück. Patzig war er trotzdem. Julius könne ja klagen, wenn er Probleme habe. Er jedenfalls habe andere. Probleme, meinte er, aber das war nicht zu überhören. Dann warf er den Hörer auf die Gabel.

– Jetzt den Zwicklhuber!

– Den Anwalt?

Am liebsten hätte ich Julius eine runtergehauen. Einem wie ihm konnte man die Bude ausräumen, und er trug noch das schlechte Gewissen vor sich her, selber daran schuld zu sein. Diese Hilflosigkeit bereitete mir geradezu körperliche Schmerzen.

– Los jetzt!

Zwicklhuber war ein jovialer Edelbayer. Sein Dialekt kam so breitmäulig und volksnah herüber, als trüge jedes einzelne Wort ein Lodenhütchen. Da sei alles mit rechten Dingen zugegangen. Eine Räumungsklage sei zugestellt worden. Bärnbichl habe versichert, die Wohnung sei offen und bis auf Sperrmüll praktisch leer gewesen. Außerdem habe man schnell reagieren müssen, denn die Mietsache sei verschimmelt und voller Ungeziefer gewesen. Wenn Julius das anders sehe, müsse man die ganze Geschichte eben ausstreiten. Dafür sei er ja da.

Julius legte auf.

– Hast du eine Räumungsklage bekommen?, schrie ich ihn an.

Mit zusammengebissenen Zähnen schüttelte er den Kopf. Er merkte sofort, dass ich das nicht glaubte.

– Na servus, Opfer!

Das war mir so herausgerutscht. Neulich waren mir zwei Hängehosen begegnet, irgendwelche einheimischen Harrys oder Börnis, die ganztägig als Stimmenimitatoren in Türkendeutsch unterwegs sind. Die begrüßten sich so.

Julius sah aus, als würde er gleich kollabieren. Dann weinte er. Ich konnte es nicht mehr mit ansehen und machte uns ein Kännchen Espresso.

– Aus, fertig. Ich bin ruiniert, sagte Julius.

Auf mein Nachfragen hin stellte sich jedoch heraus, dass Julius' Restgeschäft über Server abgewickelt wurde, die bei »Munich Internet« sicher verwahrt in einem Metallschrank standen. Dort seien sie näher am Backbone, meinte er. Das leuchtete sogar einem technischen Laien wie mir ein. Worum es also ging, war, Julius einen Rechner zu verschaffen, damit er seinen Server wieder ansteuern konnte. Und eine Telefonleitung. Dazu einen Raum, in dem er arbeiten konnte. Kurz: Es ging darum, ihn wieder in ein normales Leben zurückzuhieven.

Bestens erholt war ich hier angekommen. Das Restjahr hätte ich gut mit der Vorbereitung auf Weihnachten rumgekriegt. Und nun musste ich meine ganze Kraft in die Unterstützung dieses abgestürzten Menschen pulvern, ein Opfer, dem außer Tränen nichts zu seinem Elend einfiel. In einer Woche war Martinstag. Wie gut, dass mir das noch einfiel, denn auch Sankt Martin hatte ein Schwert gebraucht, um seinen Mantel teilen zu können. Ich holte aus der Schublade meiner Theke den Totschläger, denn damit ließ sich die Unzugänglichkeit, die ich aus Bärnbichls Stimme herausgehört hatte, sicher ausgleichen.

– Du übernimmst hier den Laden, klar?
– Und du?
– Ich knöpf mir dieses Arschloch von Bärnbichl vor.

8

Für Bärnbichls Firma war der Ratzinger Platz als Adresse angegeben. Das Beste, was sich über diesen Standort sagen lässt, ist, dass er verkehrsgünstig gelegen ist. Hier donnert man stadtauswärts mehrspurig Richtung Autobahn Starnberg/Garmisch, die ehemalige Reichsmusterstraße, die heute immer noch Olympiastraße heißt, in Erinnerung an die Spiele in Garmisch-Partenkirchen und eine Zeit, in der solche Großstraßen locker durch die Stadt geholzt werden konnten. Mit unserem Heiligen Vater hat dieser Platz nur so viel zu tun, als Bayern schon immer reich an Ratzingers gewesen ist. Trotzdem hat sicher auch dieser zufällige Namensgleichklang die Überlegungen motiviert, Münchens hässlichsten Platz so herzurichten, dass ihn auch ein Heiliger Vater in seinem Papamobil passieren könnte, beispielsweise nach einem Besuch der nahe gelegenen Siemenswerke. Den Weg über den Ratzinger Platz in die Innenstadt würde auch ein alter Münchner Taxifahrer als nicht verkehrt bezeichnen, zumal der Papst dann zwanglos über die Plinganser- und Lindwurmstraße auf den Dom zuhalten könnte. Allerdings sollte er besser tagsüber über seinen Platz fahren, denn nachts brennen im nahe gelegenen Gewerbegebiet zu viele rote Lampen.

Ich gondelte in meinem alten Mercedesbus dorthin, denn in dieser Gegend findet man sogar mit Traktor samt Hänger einen Parkplatz. Allerdings lief ich dann zweimal an Bärnbichls graurußigem Laden vorbei. Das trübe Schaufenster war mit Sportpokalen, Urkunden und imposanten Medaillen aus Goldbronze dekoriert. Bei einer Entmietungsfirma erwartet man anderes. Als ich mir die Trophäensammlung genauer anschaute, wurde mir klar, dass dieser Marketingschachzug doch nicht so abwegig war, wie es schien: Adolf Bärnbichl war jahrzehntelang als Mongolen-Adi unterwegs gewesen und hatte im Catchen seine Gegner reihenweise auf Rummelplatzbretter gehauen.

Da hatte ich mich ja auf eine harte Nummer eingelassen. Ich fasste an die Innentasche meiner Lederjacke, dann wieselte ich schnell zurück und rüstete mich mit dem im Auto vergessenen Totschläger auf.

Ich öffnete die Ladentür, und als Glockenzeichen ertönte zweimal »Kuckuck«. Mongolen-Adi hatte also einen gewissen Humor und ausreichend Bekanntschaft mit Gerichtsvollziehern gemacht. Ich schaute mich um. Hinter einer Sperrholztheke stand ein Schreibtisch, der allerdings mehr als Ablage für Altpapier diente. An den Wänden hingen Fotos und Zeitungsausschnitte mit Adi aus seiner aktiven Zeit. Darauf war er wohl mächtig stolz.

– Hallo, rief ich.

Nichts regte sich. Ich stand ziemlich blöd herum, übermotiviert, nun aber zur Tatenlosigkeit verurteilt.

– Ist jemand da?

Schon bald wurde mir das zu bunt. Ich dachte, es sei keine schlechte Idee, wenn ich mal nachsah, ob unter den Papieren nicht der Hinweis war, den ich suchte. Oft liegt das Gewünschte ja zuoberst. Ich ging um die Theke herum und blätterte in den Stapeln. Es gab viele Prospekte und Baupläne. Ich hörte nichts, merkte aber plötzlich, dass jemand hinter mir stand. Da war es schon zu spät. Er setzte einen Klammergriff an, eine Art Doppelnelson, der den gelernten Catcher verriet. Mühelos drückte er meinen Kopf nach vorne, ich konnte gar nichts gegen ihn ausrichten und ruderte nur ein wenig mit Armen und Beinen wie eine Schildkröte, die man vom Boden gepflückt hatte.

– Bürscherl, sagte Adi von hinten, dir werde ich helfen, meinen Schreibtisch zu durchsuchen, wenn ich im Keller bin. Worum geht es? Was willst du?

Meine Lage war für Geständnisse bestens geeignet, er hatte mich so im Griff, dass alles andere lebensmüde gewesen wäre. Ich sagte, ich wolle Julius' Wohnbüro samt seiner Habseligkeiten zurückhaben. Adi lachte hinter mir so bullernd wie der lädierte Auspufftopf meines Busses.

– So ein Witzbold! Er mag vielleicht ein komischer Vogel sein.

Wenn der bayerische Mensch von seinem direkten Gegenüber in der dritten Person spricht, ist der Ofen aus. Dann ist nichts zu machen. Überhaupt nichts.

– Wenn du Probleme hast, kannst du klagen. Dafür haben wir den Zwicklhuber. Und mit dem Hausfriedensbruch, bei dem ich dich erwischt habe, hast du ziemlich schlechte Karten.

Jetzt war eine Weile Ruhe. Das konnte nichts Gutes bedeuten, er dachte nach.

– Und weil ich dich beim Hausfriedensbruch erwischt

habe und dich praktisch unter Aufbietung aller Kräfte niederkämpfen musste, machst du mir jetzt zum Abschied noch ein paar anständige Diener, wie sich das für einen höflichen Menschen gehört.

Ich hatte keine Ahnung, wovon dieser Kerl redete. Widersprechen wollte ich aber auch nicht. Dann verstand ich auf sehr schmerzhafte Art und Weise, was er meinte. In dem Griff, in dem er mich hatte, konnte er mich mühelos, das Gesicht voraus, auf die Platte seines Schreibtischs patschen. Schon beim zweiten Mal schoss mir das Blut aus der Nase und erst nach dem vierten Mal ließ er es genug sein.

– Jetzt sagen wir noch schön Habe die Ehre! und lassen uns hier nie wieder blicken.

Er schob mich in seinem Klammergriff zur Tür, drückte sie mit der Stiefelspitze auf, der Kuckuck rief zweimal nach mir, und dann ließ er mich los, nicht ohne mir einen wuchtigen Tritt versetzt zu haben, der mich bis auf die Straße hinauskickte. Dort lag ich flach.

– Das nächste Mal breche ich dir alle Knochen. Das merkst du dir.

Viel sah ich nicht von ihm, ich war zu benommen, und meine Augen waren blutverschmiert, aber ich hörte, dass er die Ladentür krachend zuzog und anschließend abschloss. Mongolen-Adi hatte mir eine deftige Lektion erteilt.

9

Ich schleppte mich übers Trottoir und setzte mich auf den Randstein. Ein altes Muttchen am Stock kam ums Eck. Neugierig musterte sie mich.

– Haben Sie Probleme?

Diese Trümmerfrauen haben einen derben Humor. Natürlich waren sie einiges gewohnt und hatten schon Gliedmaßen einzeln auf dem Pflaster herumliegen sehen. Aber fragte man denn einen blutenden Mann, ob er Probleme hat? Natürlich hatte ich Probleme. Mongolen-Adi hatte mir die Fresse geschreddert. Ich sah aus wie ein Balg, den nur Lurchi und Unkerich miteinander gezeugt haben konnten, ein geblähter Feuersalamander mit aufgeworfenen Lippen und Kartoffelnase. Alles geschwollen und mit schmerzenden Blutergüssen übersät. Außerdem hatte ich das Problem, von Adi nichts herausbekommen zu haben. Null! Und da fragte Muttchen, ob ich Probleme hätte.

– Nein, sagte ich, ich blute nur.

– Ach so, antwortete sie.

Dann taperte sie weiter. Sie sind zäh wie Juchtenleder. Sie haben den Krieg, das Wirtschaftswunder und ihre Ehemänner ebenso überlebt wie den Toast Hawai und die Pumpernickel-Kanapees. Das Einzige, was sie nicht überleben können, ist ihre Rente. Aber sie versuchen es.

Mein Gott, war das billig! Weil Mongolen-Adi mich getunkt hatte, ließ ich meine gesammelte Wut an Muttchen aus. Genau genommen war ich wütend auf mich, ich kochte innerlich, weil mich dieser billige Vorstadtschläger dermaßen überrumpelt und aus der Jacke gepustet hatte! Vor meinem inneren

Auge zog Julius' gutmütiges Mondgesicht mit traurig fragendem Blick vorbei. Auf diesem Bild hatte er keine rot geäderten, sondern feuchte Augen. Ich rappelte mich hoch. Im Wagen lag ein Flachmann. Ich nahm einen Schluck, der ätzend mein wundes Zahnfleisch desinfizierte und diesen ekligen Blutgeschmack vertrieb. Dann ging ich zum Laden zurück.

Diesmal gab es kein Halten. Sohle voraus trat ich mit meinem Stiefel die Tür auf. Das verschlug sogar dem Kuckuck die Sprache. Von hinten hechtete Mongolen-Adi heraus, allerdings stark gehandicapt, weil er sich gerade ein Weißbier eingoss. Flasche und Glas hielt er noch in den Händen. Ich war gerüstet und hatte meinen Totschläger schon aus der Tasche geholt. Ohne zu fackeln, zog ich ihm einen Mordsstriemen quer über das Gesicht. Er schrie laut auf und ließ seine Weißbierutensilien fallen. Flasche wie Glas zerschellten am Boden. Ich trat ihm zwischen die Beine und versetzte ihm noch einen wuchtigen Schwinger, sodass er rückwärts stolpernd seinen Aktenschrank rammte. Dort sackte er zu Boden, und ich wusste, dass es genug war. Ich riss das Netzkabel aus seinem PC und fesselte ihm die Hände. Dann zerrte ich ihn hoch, setzte ihn auf seinen Bürostuhl und zurrte ihn dort fest, nicht ohne ihm vorher die Hosen heruntergelassen zu haben. Damit habe ich beste Erfahrungen gemacht. Männer wie Adi kämpfen nicht in ihren albern geblümten Kepa-Slips. Sie ziehen sich erst die Hosen hoch, bevor sie zuschlagen. Bis dahin würde ich ihm selbst noch eine verpasst oder das Weite gesucht haben.

Ich ließ mich auf den Stuhl gegenüber fallen. Ab sofort war ich mit mir wieder vollkommen im Reinen, ich hatte, wenn auch unter Schmerzen, meine Mitte wiedergefunden.

Ich nahm Adi genauer in Augenschein. Mit seinem Pfannkuchengesicht und den schmalen Schlitzaugen, von denen das eine gerade zuzuschwellen begann, sah er tatsächlich wie ein Mongole aus. Ein mongolischer Schwabe. Wahrscheinlich hatten sie seinen Vorfahren auf dem Lechfeld bei Augsburg bei der Flucht verloren, weil Bischof Ulrich dem wilden Heer auf den Fersen war. Adi kam zu sich und blinzelte benommen mit den Augen. Ich wartete ab, bis er Bild und Kontrast wieder scharf gestellt hatte.

– Du weißt ja, was ich von dir hören will, sagte ich.

Adi stierte verstockt vor sich hin und schüttelte den Kopf. War mir jetzt auch egal, ich fing an, in Ruhe seine Papiere durchzusehen. Dieser Simpel hatte tatsächlich die gesamte Presse zu seinem Wirken aufgehoben. In den Entmietungsfällen, die da geschildert wurden, waren Treppenhäuser eingerissen, Wasser- oder Gasleitungen abgeklemmt und Dächer abgedeckt worden. Das Harmloseste war noch die Vermietung von Nebenräumen an Rockbands. Da hatte wenigstens eine Seite Freude.

Aber wie kam so ein ehemaliger Catcher in dieses Gewerbe? Den Zeitungsausschnitten nach zu urteilen, mochte das historische Gründe haben. Catchen war Zuhältersport. Neger-Erwin, Schwanzel-Max und Spritzen-Sepp hatten sich und anderen so lange im Freestyle die Hucke vollgehauen, dass sie ihr Können auch auf der Bühne zeigen wollten. Im Puff, so hieß es, habe es bei solchen Veranstaltungen nur noch Notbetrieb gegeben, weil der Rest der Frauen zum Applaudieren antreten musste. In diesem Milieu war Mongolen-Adi groß geworden. Wahrscheinlich ließ er sich von den geldigen Stenzen den Frack versohlen und kassierte dafür tüchtig. Auf

Jahrmärkten allerdings, wo jeder gegen ihn antreten konnte, haute er sie alle aus dem Ring. So tingelte er mit seinen Gönnern durchs Leben, bis fernsehgestützt Wrestling aufkam und das schweißig-blutige Catchen plattmachte. Catcher hatten sich alle gegenseitig Blumenkohlohren gerissen, krumme Kartoffelnasen gematscht und narbige Glatzen geprügelt. In einem Superman-Kostüm hüpfte da keiner herum, sondern in der Ringer-Strampelhose.

10

Die Zuhälter waren die Ersten, die ihre goldberingten Pfoten auf das Immobiliengeschäft legten. Vielleicht weil die Umwandlung eines Wohnhauses in ein Puff eine Luxussanierung erster Güteklasse war. Oder weil sie sich später mit ihrem Metier in Gewerbegebiete einkaufen mussten und gelernt hatten, wie man einen Mehrzweckbau durch ein paar Schalterknipser und ein bisschen Deko in eine Lasterhöhle verwandelt. Oder weil sie einfach Geld genug hatten.

Mit den Olympischen Spielen in München war Schluss damit. Bei den dort zu vergebenden Projekten musste schon im größeren Stil hinbetoniert werden. Das war die Stunde der Baulöwen, die ursprünglich aus Architekten- oder Bauingenieursfamilien kamen. Baulöwen waren fleischige Kerle mit rotem Schädel und schlohweißem Haarkranz, die nebenberuflich Brauereien besaßen. Wenn einer das geschafft hatte, wollte sich niemand beklagen, selbst wenn der Bursche die ganze Stadt mit Beton zugeschissen hatte. Der Brauereibesitzer ist nämlich in München der Unternehmer schlechthin. Jeder Depp versteht hierzulande, dass man mit viel Bier viel und mit mehr Bier noch mehr erreichen kann. Dieses Geschäft kann nie schiefgehen, weil sogar dem kampftrinkenden Proll in Giesing der Weltruf des Münchner Biers tagtäglich heimleuchtet. Und alle zusammen – Unternehmer, Depp und Proll – schmunzeln vor sich hin, wenn ein radebrechender Ire aus unserem Löwenbräu ein »Launbrau« macht.

– Ja, so ist er, der Ire, ein bissel ungeschickt halt, aber es schmeckt ihm auch so!

Beispielhaft erzählt man sich in München die Geschichte des Baulöwen Arnulf Ebenteuer, an dem jahrzehntelang kein Großauftrag vorbeiging. Arnulf machte beim Hendl- und Knödelessen oder als Hobbyflieger eine gleichermaßen gute Figur. In seiner auswärtigen Jagd durften Prominente abschießen, was ihnen vor die Flinte lief. Er kam eigentlich aus einem Bad Tölzer Holzhaus in die Großstadt, allerdings gut wattiert, weil sein Vater die Aufwertung von Acker- zu Bauland miterleben durfte. Aus der Anfangszeit seiner beruflichen Karriere als Architekt hatte er Pläne für ein eigenes Haus in der Schublade. Das war auch im bäuerlichen Stil gehalten und sollte überwiegend aus Holz gefertigt werden. Diese ländlich-friedliche Vision stand fast schon zur Realisierung an, da schaffte Ebenteuer einen Durchbruch, auf den er nicht zu hoffen gewagt hatte: Er bekam den Zuschlag für die Planung und Durchführung von Erweiterungsbauten auf dem Gelände des Bundesnachrichtendienstes in Pullach. Die Unterbringung von hochsicherheitsempfindlichem Material durchdenken zu müssen, veränderte Ebenteuers architektonischen Blick vollständig. Es hat etwas von ausgleichender Gerechtigkeit, dass er sich und den Seinen ausgerechnet in dieser Phase des Schaffens das Eigenheim hinstellte. Jetzt wollte er auch einmal so richtig hinklotzen. Nach außen hin trutzig, nach innen großzügig, so wünschte es Ebenteuer. Heute sprechen Eingeweihte von der Eleganz und architektonischen Geschmeidigkeit eines Führerbunkers. Im Keller befand sich ein Pool vom Ausmaß eines städtischen Bads. Weil sich aber das Öl sprunghaft verteuerte, wuchsen die Unterhaltungskosten ins Unermessliche. Der Sohn und Erbe, der aus Buße das ganze Geld in glückliche Ökoschweine investierte, ließ den Pool mit Holzplatten zunageln und stellte eine Tischtennisplatte darauf.

Diese Niederlage musste der alte Ebenteuer nicht mehr miterleben. In den Jahren vor der Olympiade, als in München die Bautätigkeit am heftigsten war, entrichtete er einen letzten Tribut für seinen ruinösen Arbeits- und Lebensstil. Mit Geschäftsfreunden saß er auf dem Oktoberfest in einer von ihm gemieteten Box der Ochsenbraterei und hielt, wie immer, die Gesellschaft aus. Es wurde gegessen, getrunken und später, als die Köpfe schon röter geworden waren, auch gesungen. Dann, um halb elf, leerte sich das Zelt, und Ebenteuer stapfte mit den verbliebenen vier Freunden durch feuchtes Sägemehl hindurch ins Pissoir, um ein letztes Mal Wasser abzuschlagen. Breitbeinig steif, vor und zurück schwankend, standen sie vor dem blechgrauen, über die gesamte Wand laufenden Becken und starrten auf den Pissstrahl hinunter. Gratzl aus dem Tiefbauamt versuchte, den Tropfen heftig abzuschütteln, sodass Brötzmann vom Ortsverein München sagte, dass der Kleine durchaus Chancen hätte, größer zu werden, wenn Gratzl ihn so weiterbearbeite. Das Gelächter, das daraufhin ausbrach, ließ die Stirnadern der Herren schwellen und rötete die Köpfe noch mehr. Ebenteuer war jetzt klar, dass eine Zugabe fällig war.

Er dirigierte die Seinen in das Puff an der Rottmannstraße. Dort bezahlte er für alle, schickte sie los und hoffte, da seine Libido in angesoffenem Zustand gegen null tendierte, sich die strapaziöse Artistik sparen zu können. Er hatte allerdings nicht mit Maxi gerechnet, die ihn mit dem Argument hinter sich her in ihr Zimmer zerrte, wer den anderen einen Stich spendiere, müsse selber auch. Und sie werde es ihm auch dieses Mal schon irgendwie besorgen. In Maxis Armen, genauer gesagt: zwischen ihren Schenkeln, verstarb Ebenteuer. Er wurde irgendwann bleich, würgte, röchelte und fiel zur Seite. Als schließlich die Sanitäter kamen, hatte Maxi den mausetoten Ebenteuer schon so mit auf dem Bauch ineinandergefalteten Händen auf die rote Kunstsamtdecke gebettet, dass aus der für die Nachwelt gnädigen Notlüge eines Todes im Krankenwagen nichts mehr werden konnte. Es war sicher nicht das erste Mal, dass der Leichenwagen vor dem Puff vorfahren musste, aber das traurige Ereignis vereinte auf schöne Weise zwei Generationen von Immobiliengeschäftsleuten: den Zuhälter und den Baulöwen.

11

Mongolen-Adis Ausflug ins Immobiliengeschäft war also nur der übliche Sidekick seiner Branche. Er wirkte schon wieder recht munter. Ich fand, es war an der Zeit, dass er das Maul aufmachte. Ich ging über den schmalen Gang in den Raum nebenan, der in Büros normalerweise Teeküche heißt. Bei Adi war dort das Bierlager, und er hatte sich vorhin aus dem Keller einen frischen Kasten Weißbier heraufgeholt. Ich trinke im Dienst oder dem, was ich dafür halte, so gut wie nie. Aber jetzt hatte ich das überstarke Bedürfnis, mein geschundenes Maul mit etwas Frischem, Prickelndem zu kühlen und den nervenstärkenden Hopfen auf mich wirken zu lassen. Ich holte mir aus dem Hängeschrank ein Weißbierglas, von denen Adi reichlich in allen Formen hatte, und eine kalte Flasche aus dem Kühlschrank.

Ich setzte mich wieder auf meinen Platz und nahm einen kräftigen Zug aus dem Glas. Da fiel mir der tolle Spruch des Rechtsanwalts ein, der mich schon des Öfteren vertreten hatte. Wenn er gerade einen rüden, saugescherten Brief an einen Kontrahenten verfasst hatte, fügte er grinsend an, man müsse der Gegenseite erst mal die Instrumente zeigen. Das beweist, dass unser Rechtswesen auch heute noch gute Traditionen hochhält und sich nicht sehr weit von der Heiligen Inquisition entfernt hat. Bevor man den anderen in die Mangel nimmt, führt man ihm Streckbank, eiserne Jungfrau, spanische Stiefel und was man sonst noch an Spezialitäten aufzubieten hat vor. Man konnte ja wenigstens mal probieren, ob diese Masche bei Adi verfing. Ich zog den Totschläger aus der Tasche und legte ihn vor mich hin. Dann nahm ich die Bierflasche, packte sie oben und schlug ihr an der Tischkante den Hals ab, sodass ich ein schön gezacktes Glaskrönchen hatte. Mit martialischen Bewegungen deutete ich an, wie ich ihm damit im Gesicht herumfuhrwerken würde.

Adi wusste sicher nichts von der Heiligen Inquisition, aber

er war ein alter Kämpfer, der zudem seinen Karl May gelesen hatte. Natürlich war Bänglichkeit in seiner Miene auszumachen, trotzdem riss er sich heftig am Riemen und setzte mir die gesammelte Tapferkeit eines Huronenhäuptlings entgegen, der alle kommenden Schmerzen am Marterpfahl gefasst erdulden würde. Ich konnte mir nicht helfen, Mongolen-Adi rührte mich.

Enrico Malter, der Südtiroler Bauer, auf dessen Hof ich schon mehrfach Urlaub gemacht hatte, goss diese Gefühlsregung einmal in einen Satz von philosophischer Schönheit.

– Im Grund genommen sind sie doch alle arme Deifel, sagte er in seinem kehligen Tirolerisch. Oder?

Adi schluckte, schwitzte, sah mich nicht mehr an, beobachtete mich jedoch aus den Augenwinkeln und wartete demütig auf seine Peinigung.

– Jetzt lass doch den Scheiß, Adi.

Wer das bayerische Gemüt kennt, weiß, dass dies in passgerechter Intonation goldene Worte sein können, die das Eis komplett brechen. Tatsächlich: Adi wendete sich mir zu und grinste. Ich ging hinaus in die Teeküche und goss noch ein Weißbier ein. Dann hielt Adi ich das Glas hin und ließ ihn trinken. Er schluckte in einem Zug ein Drittel weg. Nun war uns wohler. Beiläufig, ohne zu dramatisieren, erzählte ich ihm, wie er meinem bedauernswerten Freund Julius die Existenz geraubt hatte. Als ich fertig war, gab er mir trocken einen Hinweis.

– Dort in der Schublade vor dir, wenn du die aufmachst, liegt die Adresse vom Schilcher, einer Entsorgungsfirma. Dort ist noch, wenn du Glück hast, der ganze Krempel in einem Container. Und wegen der Wohnung, das ist nicht mein Bier.

Aber dieses hier war es: Ich hielt ihm zur Belohnung noch

einmal das Glas hin. Dann zog ich die Schublade auf. Dort warteten zwei Überraschungen auf mich. Tatsächlich lag obenauf die Karte von Alfred Schilcher, Müllentsorgung. Direkt daneben befand sich ein Manuskript, das oben rechts der Vermerk »Persönlich! Vertraulich!« zierte. Was mich jedoch elektrisierte, war der Name des Verfassers: Ernst Hirschböck, Staatsministerium für Wirtschaft. Adi hatte das von Maier zwo und Müller fünf so dringlich gesuchte Exposé. Der Schreibtisch war Sichtschutz genug, und ich ließ es von Adi unbemerkt auf meinen Schoß gleiten. Später schob ich das Papier unter meine Jacke. Darüber hätte es viel zu reden gegeben, aber für heute schien mir seine Verträglichkeit ausgereizt. Meine auch. Ich lockerte seine Handfessel, sodass er sie nach kurzer Zeit selbst mühelos abstreifen können würde, und verließ den Laden.

– Habe die Ehre, verabschiedete ich mich.

12

Den Bus parkte ich gleich rückwärts in der Einfahrt bei meinem Laden ein. Der Hof wurde komplett von Elvis' »In the ghetto« beschallt. Rübl, mein Hausbesitzer, ist durch seine jahrzehntelange Arbeit als Autolackierer nicht nur halb debil, sondern neuerdings zunehmend schwerhörig geworden. Aber ein Hauswirt konnte die Lautstärke beliebig hochballern, da blieb man gelassen und freundlich, bisweilen sogar demütig, wenn man sich das Schicksal von Julius vor Augen hielt. Und es hätte ja schlimmer kommen können als mit Musik von Elvis. Wenn Frau Ziesel von gegenüber ihr Kaffeekränzchen abhielt, legten die Damen gerne mal Alexandra auf und ließen sich von ihrer Sehnsucht nach Balalaika und Taiga betören. Rübl öffnete das Fenster und schaute herunter. Autos in jeder Form interessierten ihn, vor allem solche, die in seinen Hof fuhren.

– Grüß Gott, Chef, schrie ich hoch.

Da freute er sich und grinste auf den Stockzähnen. Dann deutete er einen mit zwei Fingern ausgeführten lässigen militärische Gruß an und schloss das Fenster wieder.

Julius stand in der Küche mit meinem großen Küchenbrett in den Händen. Darauf waren appetitliche Schnittchen arrangiert, überschlagsweise zwanzig Stück. Während ich mich windelweich klopfen ließ, saß diese Made bei mir zu Hause und schlug sich mit den Köstlichkeiten aus meinem Kühlschrank den Bauch voll.

– Erwartest du Besuch, fragte ich. Oder gibt es ein Picknick auf dem Hof?

Julius lief knallrot an. Dann hielt er mir das Brett hin.

– Bitte, bedien dich doch.

Erst jetzt bemerkte er, dass ich gesichtsmäßig seinem Mettbrötchen in nichts nachstand.

– Oh Gott, was hast du denn gemacht?

– Bekanntschaft mit einem Catcher. Keine Fragen jetzt, bitte später mal, ja?

Ich holte mir einen großen Teller aus dem Schrank und räumte die Hälfte der Schnittchen ab. Aus meiner Jackentasche zog ich die Visitenkarte von Schilcher.

– Ich lege jetzt mal die Beine hoch. Und du rufst bei dieser

Firma an. Wenn du Glück hast, steht dein ganzer Krempel in einem Container bei dem im Hof. Okay?

Da Julius keinen Anstalten machte, das Brett abzustellen, das er immer noch beidhändig festhielt, steckte ich ihm die Karte einfach zwischen die Zähne. Mit einem Klaps auf den Po schickte ich ihn nach nebenan.

– Und jetzt ab mit dir, du Untier!

Auch in der Küche stand bei mir ein bequemer Sessel. In den ließ ich mich fallen. Schließlich zog ich das Exposé heraus. Auf diese Lektüre war ich ziemlich gespannt. Schnittchen kauend und lesend saß ich da.

Der erste Teil des Exposés fasste eine Studie zusammen, die das Ministerium in Auftrag gegeben hatte. Danach war der Schlachthof ein Überbleibsel aus früheren Zeiten, das heutigen Anforderungen nicht mehr gerecht werden konnte. Die Innenstadtlage war zum Nadelöhr geworden. Nachts fuhren die Laster über die engen und verwinkelten Straßen hinein und lieferten das Vieh an. Ebenfalls nachts fuhren sie wieder hinaus, um das Schlachtgut wegzuschaffen. Tagsüber hätten sie ein totales Verkehrschaos verursacht. Die großen fleischverarbeitenden Betriebe waren längst nicht mehr im Zentrum angesiedelt, sondern im billigen Gewerbegebiet außerhalb. Der einzige Sinn dieser Übung bestand offenbar darin, dem lieben Vieh eine Farewell-Tour in die Landeshauptstadt München zu spendieren.

Nun begann der zweite Teil des Papiers: Man erörterte verschiedene Stadtentwicklungsmodelle, vor allem die künftige Platzierung des Schlachthofs. Mich interessierte das wenig, wo den Tieren künftig der Garaus gemacht werden würde. Logistisch optimal eben, dort wo viele an- und wieder abfahren konnten, in der Peripherie irgendwo an der Autobahn. Umso mehr aber beschäftigte mich der Teil, in dem das Schicksal des gegenwärtigen Schlachthofgeländes diskutiert wurde. Das gesamte Areal sollte in ein attraktives, innerstädtisches Wohnquartier umgewandelt werden. Jedem Immobilienfritzen würde bei dieser Aussicht das Wasser im Mund sturzbachartig zusammenlaufen.

Und wie schön das klang: Quartier. Man musste nur anklopfen, und es würde einem aufgetan. Schon säße man in einer bildhübschen Wohnung und schaute vom Balkon aus auf die Theresienwiese und die Bavaria hinüber. Auch die übrige Struktur des Viertels würde sich verändern. Plötzlich bliebe der Gestank aus, und man könnte endlich sein Biofleisch wieder einfach im Laden kaufen, in den viele, viele Bählämmchen heimlich in der Nacht ganz unblutig im Ökosäckchen ihre Koteletts hintrugen, um den Menschen so richtig glücklich zu machen. Niemand müsste mehr mitbekommen, wie grausame Geschäftsleute für schnödes Fleisch Tiere ermorden. Und dann stünden viele Leute im nicht mehr stinkenden und zerdengelten Schlachthofviertel und würden schwärmen: Mein Gott, ist das schön hier.

Dann hätten Julius und ich nur noch eine Chance, indem auch wir im Latte-macchiato-Ausschank Fuß fassten und meine Ladenklitsche in ein schmuckes Café verwandelten, wo wir unsere selbst gedrehten belgischen Pralinés und handgeschnitzten Katzenzungen anböten. Allerdings eigneten sich so schartige Kerle wie wir nur noch für den Backstagebereich, Möhrchen für den Kuchen hobeln und ähnliche Arbeiten. Vorne an der Kundenrampe brauchte man ein sexy Frontend mit bildhübschem Nabel und Arschgeweih, weil der Kunde in jeder Lage etwas Ansprechendes zu sehen bekommen wollte. Und die Scharen von Mädels, die im Glockenbachviertel keine entsprechende Position mehr gefunden hatten, würden dann in unser Schlachhofquartier hochpilgern. Und die vielen Arbeitslosen, die mit Bier und Schnaps ständig vor ihrem Amt herumlungerten, das nun eine Agentur war, würden stattdessen gesittet auf Bistrostühlchen sitzen und an einem kurzen Schwarzen nippen.

Mein lieber Ernst Hirschböck! So etwas konnte sich nur ein Mensch ausdenken, der in Niederottling einen unverbaubaren Ausblick auf die Ilz genießen darf. Bei Rübl hatte ich eine historisch bedingte Gnadenmiete. Weil der Laden noch nie viel gebracht hatte. Und die Ausstattung meiner Wohnung war unter Standard, daher billig. Wenn wir erst Quartier geworden waren, konnte man mit seiner Handkarre nur noch in die Au oder nach Giesing flüchten.

Ich nahm mir noch ein Schnittchen. Zwischendurch hatte es mir den Appetit verschlagen. Jetzt mal so traurige Schicksale wie die unseren beiseite, was war denn das Brisante an diesem Papier, dass Maier zwo und Müller fünf ganz München danach durchkämmten? Nach einer Weile dämmerte es mir. Wenn der Plan publik wurde, ging alles seinen normalen Gang. Einige rieben sich die Hände, einige freuten sich auf das neue Kinderzimmer, ein paar wenige so wie ich bekamen einen dicken Hals. Das würde so kommen, da brauchte sich niemand etwas vorzumachen. Solange der Plan aber nur ein paar geschäftlich Interessierten bekannt war, hatten die einen großen, geldwerten Vorsprung. Sie konnten jetzt schon damit beginnen, sich auf die Aufwertung des Viertels vorzubereiten. Sie würden Leuten wie Rübl das Haus für ein Butterbrot abkaufen und sie mit Blumenstrauß in ein Heim für betreutes Wohnen verabschieden. In diesem ganzen Zusammenhang war Julius nur ein unbedeutender Kollateralschaden. Um seine Lyoner-kontaminierte Bude ging es nicht wirklich.

Ich legte das Exposé beiseite. Rechtzeitig genug, bevor Julius hereinbrach.

– Alles noch da! Wir müssen sofort los.

Diese forschen Töne kannte ich gar nicht mehr an ihm. Spätestens jetzt schwante mir, dass das für mich keine gute Nachricht war. Solange Julius keinen Zugang zu seinem Wohnbüro hatte, würde sein ganzer Hausrat bei mir herumstehen. Er machte nicht den Eindruck, sich etwas anderes auch nur vorzustellen.

– Hör zu, Julius. Du nimmst meinen Bus mit dem Hänger und machst das ohne mich. Ich habe hier ein Geschäft, verstehst du. Außerdem eine lädierte Fresse.

Ich warf ihm den Schlüssel zu. Julius hob beschwichtigend die Hände und zog sich unablässig nickend im Rückwärtsgang zurück.

– Ist in Ordnung. Ist absolut in Ordnung. Kein Problem.

13

Mongolen-Adi nicht zu dem Exposé befragt zu haben, schien mir nun doch ein Riesenfehler. Wenn man Scheiße gebaut hat, kann man viel Energie darauf verwenden, sich das irgendwie schönzureden. Viele klopfen sich die Ereignisse so lange zurecht, bis sie überzeugt sind, dass kein Mensch das besser hinbringen würde. Ich halte nichts davon. Wenn du danebengehauen hast, dann holst du am besten sofort zum zweiten Schlag aus. Und der muss sitzen. Ich hängte mein Abwesenheitsschild in die Ladentür und schnappte mir das Fahrrad.

Bald war ich am Ratzinger Platz angekommen. Einen wirklich guten Plan hatte ich nicht, außer noch mal in den Laden hineinzugehen und zu schauen, was sich daraus ergeben würde. Das Fahrrad stellte ich vorsichtshalber ein Stück entfernt ab.

Die Ladentür klemmte. Ich drückte dagegen, schließlich ging sie auf. Das Schloss hatte ich ja höchstpersönlich eingetreten. Nach Adi brauchte ich gar nicht zu rufen, der saß immer noch auf demselben Stuhl, scheinbar unverändert, seitdem ich ihn verlassen hatte. Allerdings war das Bild in wesentlichen Details anders. Mit dem Kabel war er wieder fest an den Stuhl gebunden, seine Hosen waren hochgezogen und an der Schläfe hatte er ein hässliches, blutverkrustetes Loch.

Ich begriff sofort, dass ich nun bös in der Klemme saß. Da hatte sich jemand mein Arrangement zunutze gemacht und Adi regelrecht hingerichtet. Mir wurde ganz flatterig in der Herzgegend. Trotzdem schaute ich den alten Kämpfer noch einmal genau an, ob ihm noch irgendwie geholfen werden konnte. Aber da war nichts mehr zu retten. Nur noch meine Haut. Ich lief aus dem Laden und zog die Tür zu.

Nur keine Panik jetzt, sagte ich mir. Betont bedächtig ging ich zu meinem Rad. Als ich das Schloss aufsperrte, stand Muttchen vor mir.

– Na also, sagte sie, jetzt geht es doch schon wieder. Wenn man wieder Rad fahren kann.

Verdammte Hacke! Weder der graue Star noch die schnapsglasdicke Brille dieser Trümmerfrau reichten aus, um ihr Adlerauge entscheidend zu schwächen. Ich schwang mich aufs Rad und fuhr davon. Dann ging es ganz schnell. Zwei, drei Fahrzeuge hielten vor Adis Laden. Zivilpolizei. Ich trat schneller in die Pedale, hatte aber bald das ungute Gefühl, dass mir jemand auf den Fersen war. Wie die wilde Wutz preschte ich die Passauer Straße entlang. Trotz der niedrigen Temperaturen lief mir der Schweiß den Rücken hinunter. Immer wieder drehte ich mich um. Ein grauer Audi kämpfte sich durch den stockenden Verkehr und blieb immer in Reichweite. Alle meine Finten, wie Gehweg, Klein- und Einbahnstraßen, halfen nichts. Am Margaretenplatz war ich so entnervt, dass ich mein Fahrrad in einen Hinterhof schmiss und über die Grünanlage in die neue Sendlinger Kirche rannte.

Ich wollte dort eigentlich nur ein wenig verschnaufen, aber mit halbem Auge bemerkte ich gerade noch rechtzeitig, dass Maier zwo und Müller fünf die Kirche betraten. Nun war jedes Mittel recht, ich schlüpfte in den Beichtstuhl.

– Gelobt sei Jesus Christus, sagte der Geistliche und zog die Vorhänge zu.

Ich saß in der Falle. Mein Stimme würde mich verraten.

– English spoken?, fragte ich.

Er räusperte sich nebenan.

– Yes.

Meine letzte Beichte liegt Jahrzehnte zurück. Damals hatte man noch einen Beichtspiegel und sagte einfach alles, was da drin stand. Dass man zu wenig gebetet, öfters mal die Messe versäumt, Unkeusches in Wort, Tat und Gedanken vollzogen und zu viele Süßigkeiten genascht hatte. Dann bekam man ein, zwei Gebete zur Buße, je nachdem, wie man geständnismäßig hingelangt hatte. Damit war der Fall erledigt und die Seele wieder weiß wie frischer Schnee. Mit solchem Kinderkram konnte ich hier aber nichts ausrichten. Zudem stand ich zurzeit auch bei zerknirschter Gewissenserforschung moralisch ziemlich gut im Saft. Beichtwürdig wäre nur gewesen, dass ich meinen armen Bruder Hiob, Herrn Julius Balser, zwar aufgenommen hatte, ihn aber nicht geduldig genug ertragen wollte. Geschenkt! Draußen raschelten Maier zwo und Müller fünf herum.

Außerdem war ich sprachlich behindert. Kein einziges dieser Beichtspiegeldelikte konnte ich auf Englisch sagen. Ich wusste noch nicht einmal mit Bestimmtheit, ob das Wort Keuschheit und ihr Gegenspieler in diesem Sprachraum bekannt sind. Wer aber wie ich sein Halbwissen größtenteils aus Filmen bezieht, unter denen ja viele englische waren, die man als OmU gesehen hatte, kann man doch am ehesten über Liebe, Sex und ihre Verirrungen sprechen. Also erzählte ich ihm eine heftige Geschichte über meine Frau und unsere scheußlichen Praktiken. Genau genommen wollte ich gar nicht vorgeben, verheiratet zu sein, ich brachte nur ein paar Mal »woman« und »wife« durcheinander. Dann war es aber auch schon egal und eigentlich umso schlimmer, wenn man mit dem angetrauten Weib so verfuhr. Er hörte mir ganz genau zu. Als ich geendet hatte, schwieg er. Er tat mir aufrichtig leid, aber dies war doch wirklich ein Notfall.

– Sie sind also verheiratet, fragte er.

– Ja, sagte ich.

Wieder schwieg er lange und bedachte seine nächsten Worte genau.

– Und sie mag das.

– Ja.

– Dann sagen Sie mir, wo Ihr Problem ist.

Jetzt war es an mir zu schweigen. Bevor es peinlich wurde, machte er ein Friedensangebot.

– Benutzen Sie Kondome?

– Immer, sagte ich erleichtert.

Endlich hatten wir eine richtige Sünde gefunden. Er erklärte mir, dass das vom Standpunkt der Kirche aus widernatürlich sei und ich es unterlassen solle. Dann betete er für mich und entließ mich.

Erleichtert schlüpfte ich aus dem Beichtstuhl. Die beiden Quälgeister waren weg. Aber ich fühlte mich auch sonst auf wunderbare Weise erquickt. Wenn man meine Worte so aussieben musste, um eine Sünde zu finden, dann war ich womöglich doch ein guter Mensch.

14

Über Münchens ehemals letzten landwirtschaftlichen Betrieb, den Stemmerhof, fuhr ich zur Lindwurmstraße. In ihrer heutigen Gestalt verrät die Anlage, wie man einen Bebauungsplan zum Bußwerk umdeuten kann. Hier leistet der Sendlinger mit einer Ansammlung von allen möglichen irgendwie grünen, therapeutischen oder künstlerischen Betrieben für den Frevel Wiedergutmachung, Anfang der neunziger Jahre die letzte euterwarme innerstädtische Zapfstelle für Milch stillgelegt zu haben. Gegenüber, vom Sendlinger Berg aus, muss man das Rad nur laufen lassen, bis es einen kleinen Anstieg hinter der Unterführung gibt, dann bin ich so gut wie zu Hause. Auf dem luftigen Weg wurde mir ganz klar, dass ich das Exposé so schnell wie möglich an einen sicheren Ort bringen musste. Es war nicht auszuschließen, dass bald ein paar deutlich ungehobeltere Polizisten bei mir auftauchten. Als ich ankam, stieß ich auf einen strahlenden Julius, der im Hof seine Habseligkeiten sortierte.

– Ich habe fast alles wiedergekriegt, erzählte er. Sogar meine Gitarre.

Stolz hielt er seine alte Höfner hoch.

– Und was machen wir jetzt mit meinen Sachen? Ich meine: wohin?

Dieses Wort in der ersten Person Mehrzahl legte sich mir um den Hals wie eine Würgeschlange. Dabei hatte ich noch ein anderes dringendes Problem.

– Wir decken eine Plane über den Hänger und denken darüber nach, wie es weitergeht.

Julius nickte traurig. Er dreht sich um und schlich schulterhängend davon.

– Julius, rief ich. Stopp!

Wie in Zeitlupe drehte er sich um.

– Mein Laden und meine beiden Zimmerchen sind gesteckt voll. Sollen wir eine zweite Etage einziehen? Oder was denkst du?

Resigniert zuckte er die Achseln.

– Ich weiß ja auch nicht, räumte er ein. Das ist doch das Schlimme. Echt keinen blassen Dunst. Null.

Dabei hatte ich schon längst verstanden.

– In zehn Minuten bin ich wieder da. Dann wird uns schon was einfallen. Okay?

Ich wetzte hinein, holte das Hirschböck-Papier, schwang mich wieder aufs Rad und fuhr hinüber zum Zenettiplatz zu Ben's Kraftstudio. Bei ihm habe ich als Stammkunde einen Spind, den ich dauerhaft belegen kann. Ich bewahre dort meine Sportsachen auf. Hier deponierte ich das Exposé.

Als ich wieder zurückkam, war das Befürchtete eingetreten. Maier zwo und Müller fünf hatten Julius in die Mangel genommen. Wie gut, dass er von nichts wusste. Maier, der Schüchterne, trug heute eine graue Weste mit vielen Taschen, die verdammt schusssicher aussah. Müller hatte eine schwarze Lederjacke an. Offenbar war Grobarbeit angesagt, und passend dazu strahlten beide den Charme eines Tiefdruckgebiets aus.

– Na endlich, rief Maier.

– Wie wir hören, haben Sie ein Alibi, ergänzte Müller.

– Herr Balser möchte bestätigen, dass Sie ausschließlich mit ihm zusammen gewesen sind. Wie heldenmütig!

In der Tat! Das war barer Unsinn, dass sich Julius so in Gefahr brachte, aber es rührte mich.

– Wissen Sie, sagte Müller, Sie sind schon vor Jahren erkennungsdienstlich behandelt worden …

– … sodass wir unschwer Ihre Fingerabdrücke in Bärnbichls Laden identifizieren konnten.

– Unschwer, unterstrich Müller nochmals. Ruckzuck.

– Womit Sie natürlich automatisch verdächtig sind …

Maier besah seine Fingernägel.

– … am Tode von Bärnbichl mitgewirkt zu haben.

Jetzt fuhr Julius hoch.

– Was, Bärnbichl ist tot? Ja, warum denn das?

– Den Nagel auf den Kopf getroffen, sagte Müller.

– Warum denn das, Herr Gossec?, fragte Maier.

Ich atmete pfeifend aus. Ein Gewicht war zu stemmen.

– Okay, Julius lassen wir außen vor. Das mit dem Alibi vergessen wir ganz schnell wieder. Und wenn Sie etwas von mir wissen möchten, bitte schön, ich stehe zu Ihrer Verfügung.

Maier und Müller sahen sich fragend an. Müller nickte, also antwortete Maier.

– Dann mal los! Aber vorher müssten wir uns hier noch ein wenig umsehen. Geht das klar ohne Schein?

Ich nickte. Nach Lage der Dinge konnte das nur meiner Entlastung dienlich sein. Ich ließ sie gewähren, und wieder filzten sie meine ganze Wohnung so gründlich wie Kammerjäger. Ich hatte mich solange in meinen Sessel gesetzt. Julius blieb stocksteif wie ein Ölgötze stehen.

– Julius, du hältst hier die Stellung. Auch mit dem Laden und so. Kann ich mich darauf verlassen?

Julius kämpfte mit den Tränen. Schon hielt er mich für schuldig.

– Alles klar, Gossec. Ist doch logisch.

15

Das Präsidium in der Ettstraße kannte ich inzwischen ziemlich gut. Ich hatte schon einige Zeit dort drinnen verbracht. Aber die beiden machten keinerlei Anstalten, diese Richtung einzuschlagen. Statt nach rechts, bogen sie am Lenbachplatz nach links ab. Mir wurde mulmig. Womöglich hatte ich mich ohne Gegenwehr an Betrüger ausgeliefert, die vorgaben, Polizisten zu sein. Dann aber fuhren wir am Zirkus Krone vorbei, und mir wurde klar, dass Maier zwo und Müller fünf zum LKA gehörten.

Es ist erstaunlich, wie viele wehrhafte Institutionen sich in der Maxvorstadt nahe des LKA befinden. Gleich gegenüber sind die Finanzämter angesiedelt. Das Gelände des ehemaligen Marsfelds war früher einmal Exerzierplatz und hatte Kasernen Platz geboten. Diese Tradition führte zwanglos zur Ansiedlung der beiden Behörden. Nach dem Kriegsgott Mars sind Straße und Platz heute noch benannt, und man kann davon ausgehen, dass dies auch jedem höheren bayerischen Beamten, für den humanistisches Gymnasium schließlich obligatorisch ist, geläufig bleibt. In der Kantine der Oberfinanzdirektion München, die laut einem ausschließlich unter Staatsbediensteten kursierenden kulinarischen Führer die besten Weißwürste serviert, unterhielt man sich gerne auch mal auf Latein.

Ich hatte einschlägige Erfahrungen, denn in regelmäßigen Abständen bin ich als Büßer zu meinem Sachbearbeiter ins Finanzamt gepilgert, um irgendwelche Aufschübe zu erwirken. Hinterher habe ich mich immer mit einem Abstecher in die Kantine belohnt. Wie konnte sich ein Fremder dort überhaupt Zugang verschaffen? Ganz einfach, man ging hinein, sagte allseits freundlich Grüß Gott! und stellte sich ohne zu murren in die Warteschlange. In jeden Bayern ist das tiefe, landsmannschaftliche Wissen eingesenkt, dass Terroristen und Schwerverbrecher niemals Grüß Gott! sagen würden. Und dem kleinkriminellen Rest möchte man nicht unbedingt das Essen streitig machen. Standen dann erst einmal Weißwürste, Brezen und Weißbier vor einem, hatte sich der Unterschied zwischen einem Beamten und einem Trödelhändler ohnehin ins allgemein Menschliche verflüchtigt. Man sprach sich dann nur noch mit »Herr Nachbar« an.

Eine weitere wehrhafte Institution unweit des LKA war das Straf- und Justizzentrum an der Nymphenburger Straße. Wenn sie im LKA einen hatten, konnten sie ihn gleich zu Fuß dorthin verbringen. Beide Gebäude entstammen der erfolgreichen Modellreihe Führerbunker mit extra verstärktem Stahlbeton, wie sie Arnulf Ebenteuer so gern gebaut hatte. Sie werden alles überdauern und auch dann noch stehen, wenn die Maxvorstadt rundherum zu Schutt und Asche zerbröselt ist. Spätere Generationen werden versuchen, an ihnen unsere Zeit zu verstehen. Mit ihrem harten Urteil müssen wir uns heute schon abfinden.

Oben in Müllers modernem Büro, wo man über Schießschartenfenster auf den Marsplatz schauen konnte, wurde es ziemlich ungemütlich. Die beiden hatten ihre Freundschaftlichkeit abgelegt und nahmen mich in die Mangel. Müller argumentierte wie ein Presslufthammer. Fakt war, dass sich meine Fingerabdrücke in Adis Laden gefunden hatten, dass Trümmermuttchen aussagen konnte, wann ich mich dort aufgehalten hatte, und im Übrigen trug ich ja noch die geschwollene Fresse spazieren, die mir Adi poliert hatte. Ein Streit, eine gewalttätige Auseinandersetzung, ein Schuss – Aktendeckel zu, Fall gelöst.

Ich gab zu bedenken, dass zwei entscheidende Dinge fehlten: ein Motiv und die Schusswaffe.

– Na schön, sagte Maier zwo. Dann erzählen Sie uns Ihre Geschichte.

Das tat ich. Ich ließ nichts aus. Unser Urlaub und die Rückkehr. Der Brief mit dem Hinweis auf Adi und Zwicklhuber. Der verschwundene Hausrat, samt elektronischer Teile. Julius' Telefonate. Die Entsorgungsfirma Schilcher und die wiedergewonnenen Habseligkeiten. Da waren Namen und Adressen dabei, da ließ sich eine Menge nachprüfen. Nur eines erzählte ich nicht: die Sache mit dem Exposé.

– Alles gekauft, Gossec, sagte Müller. Das klingt nicht schlecht, bis auf den einen Punkt: Warum sind Sie noch mal zu Bärnbichl zurückgekommen?

– Die Wohnung. Julius Balser ist nach wie vor ohne Wohnung. Das ist doch die Hauptsache. Darum wäre es gegangen.

Maier jammerte.

– Wenn wir das nur glauben könnten!

Die beiden sahen sich an, Müller nickte.

– Okay, sagte Maier, hören Sie zu, Gossec. Wir haben bei Bärnbichl alles gefunden, was dem Herrn Staatssekretär bei seinem Oktoberfestbesuch abgenommen worden ist. Handy, Brieftasche, Kreditkarten.

– Auch das Exposé, von dem Sie sprachen?

– Das eben nicht.

Müller ging um seinen Schreibtisch herum und ließ sich auf den Stuhl fallen. Seine Lederjacke hatte er abgelegt. Er trug ein blaues Hemd mit braunem Pullunder. Der Halfter seines Schultergurts war rechts angebracht, er war also Linkshänder. Auf seinem Schreibtisch stand ein Namensschild. Danach hieß er Kostas Simitzis. Du meine Güte, verwirren lassen wollte ich mich nun auch nicht mehr. Für mich blieb er Müller fünf.

Maier, der offenbar im Ausbildungsfach »Bedenken tragen« mit summa cum laude abgeschlossen hatte, furchte die Stirn, fasste mit den Fingerspitzen an seine Schläfen wie an eine heiße Herdplatte und knetete dann doch einen frei in der Luft hängenden großen Hefeteig.

– Wenn man, sagte er, das alles hin und her wendet, dann tauchen doch überraschende Zusammenhänge auf. Dr. Hirschböck wird bei Ihnen gefunden. Sie geraten an Bärnbichl. Der wiederum hat die gestohlenen Sachen. Da fehlt doch was! Da muss doch noch was kommen von Ihnen, Gossec.

– Worum geht es denn in dem Exposé?, fragte ich.

Müller grinste.

– Der Dumme fragt, oder wie? Gossec, wir klären Geheimnisverrat auf und begehen nicht welchen. Was sagen Sie zu den Ausführungen meines Kollegen.

– Das stimmt. Da fehlt was.

– Na also, seufzte Maier. Geben Sie sich einen Ruck.

– Aber ich bin nun mal für das befriedigende Ende dieser Geschichte nicht zuständig. Ich kann nur erzählen, was war. Sie haben meine Wohnung jetzt schon zweimal durchsucht. Resultat: null! Sie werden bei mir auch künftig keine Tatwaffe finden, und wenn Sie die gefunden haben, wird sie andere Fingerabdrücke als die meinen aufweisen. So, Freunde, das war's, mehr habe ich nicht im Kreuz.

Müller bewegte mahlend seinen Unterkiefer, Maier trug seine Bedenken von einer Ecke des Zimmers in die andere.

– Unterschreiben Sie Ihre Story noch, und dann zischen Sie ab, Gossec.

– Mit Vergnügen, antwortete ich.

Eine halbe Stunde später stand ich unten auf der Marsstraße. Ich wollte zu Fuß gehen, um meinen Kopf richtig durchzulüften. Irgendwie musste man sich ja den ganzen Müll aus dem Schädel schaufeln. Vielleicht kam ich endlich auf einen vernünftigen Gedanken.

16

Schon als ich über die Hackerbrücke stiefelte, war mir eines vollkommen klar: Julius musste weg. Meine Schwierigkeiten waren noch nicht ausgestanden, da kam noch was nach. Wenn ich an diesen Trauerkloß dachte, war mir zumute, als hätte ich mit Türkischem Honig poussiert. Alles pappig. Er schränkte meine Bewegungsfreiheit ein, ich fühlte mich durch ihn behindert. Wenn ich Ärger habe, löse ich das auf eigene Faust und muss nicht dabei kuscheln. Außerdem ging es ja ohnehin nicht um mich, sondern um ihn. Ich versuchte, ihm zu helfen, und das funktionierte am besten, wenn er Leine zog. Die Frage war nur, wie ich ihm das beibrachte.

Hätte ich diesen Entschluss nicht schon vorher gefasst, wäre diese Entscheidung spätestens zu Hause gefallen. Julius saß in der Küche vor einem Brett voller Schnittchen und übte Gitarre. Vorne war die Ladentür nicht abgeschlossen, der Kunde hätte sich nur selbst bedienen müssen. Ofen aus!

Julius fiel mir um den Hals.

– Mann, habe ich Angst um dich ausgestanden!

– Den Magen hast du dir dabei aber nicht verrenkt.

Julius ließ sich nicht verdrießen und holte einen Teller, um pflichtschuldig ein paar Schnittchen abzutreten.

– Sonst noch was, fragte er.

– Pantoffel, Hausjacke, Weißbier. Aber zackzack!

Julius wusste nicht, ob er lachen oder weinen sollte.

– Julius, Schatz, bring mir ein Weißbier. Der Rest ist sicher in der Reinigung.

Als wir uns dann gegenübersaßen, entwickelte ich meinen Plan. Wir hatten einen gemeinsamen Freund, Hinnerk Rab, der vor München ein ehemaliges Pfarrhaus in Unterastbach bewohnte. Er konnte Julius sicher eine Zeit lang ein Zimmer vermieten. Julius könnte dort wieder einen Bürobetrieb aufbauen. Die Sache in München würde ich allein weiterverfolgen.

– Damit wäre uns allen geholfen. Du bist mit deinem ganzen Krempel untergebracht, Hinnerk hat eine Weile Gesellschaft und ich meine Ruhe.

– Nerve ich dich?, fragte Julius.

– Wenn wir beide mal groß und reich sind, mieten wir uns zwei Doppelhaushälften, du die rechte, ich die linke. Vielleicht will ich ja mit dir einen heben, oder du möchtest mir was auf deiner Gitarre vorspielen. Da kommt man auf viele Ideen. Jedenfalls gehen wir aus unserer Haustür raus hinüber nach nebenan zum Nachbarn und klingeln. Man bittet sich freundlich in die Wohnung und verbringt einen unvergesslichen Abend miteinander. Dann gibt man sich zum Abschied einen Kuss auf die Wange und sagt, dass man jetzt leider! leider! nach Hause muss. Verstehst du?

Julius nickte. Ich holte mir das Telefon und rief Hinnerk an. Der klang nicht begeistert, sagte aber sofort zu. Hinnerk hat noch nie einen Freund hängen lassen. Wir verabredeten, dass wir gleich morgen anrücken würden.

17

An solchen grauen Novembertagen wie diesem Samstagnachmittag hat man das Gefühl, dass München komplett evakuiert wurde. Man sieht keinen Menschen auf der Straße. Die Stadt ist in eine schmutzig-neblige Watte gebettet, alle lebendigen Farben sind verschwunden und die von Schwarz-Weiß abgeleiteten Zwischentöne regieren. Ich habe mich oft gefragt, was der Münchner in diesen Zeiten eigentlich macht. Wahrscheinlich sitzen alle zu Hause an ihrem Ofen, trinken süßen Likör, essen Sahneschnitten dazu und versuchen, mit viel Kaffee das bisschen Kreislauf, das auf Winterschlafniveau vor sich hin tuckert, auf Trab zu bringen. Dass man antriebslos wurde, konnte man diesem Scheißherbst ja noch nachsehen, aber musste man sich auch noch mit dieser zähklebrigen Traurigkeit herumplagen? Der Traum, den ich in diesen Zeiten immer wieder träumte, war, dass ich hinter meinem gerade abfahrenden Zug herlaufen musste, aber nicht vom Fleck kam, weil ich mit meinen Sohlen am Pflaster pappte.

Ich fuhr mit Julius am Nordfriedhof vorbei. Bezeichnenderweise entging der jahreszeitlich eingeschränkten Aufmerksamkeit kein einziger Friedhof. Auch die Leichenwagen schienen mehr als sonst das Stadtbild zu beleben. Julius klimperte ein wenig auf seiner Gitarre. Es klang nach Blues, ein Blues, der vor allem die anrührte, die ihren Kopf ein halbes Jahr durch graue Watte tragen müssen, wie der kanadische Holzfäller, der schottische Schäfer und natürlich der Schlachthofviertelbewohner. Vielleicht sollte man gerechtigkeitshalber auch noch den finnorussischen Tundrabauern anfügen. Aber nur in nüchternem Zustand. Hat er sich erst mal mit zu viel Wodka die Birne zugeknallt, ist jedes Gefühl für den Blues in ihm erloschen.

Hinnerk empfing uns mit einer großen Kanne Tee auf dem Stövchen und einem selbst gebackenen Butterkuchen. Besser konnte der Empfang für Julius gar nicht laufen, wo er doch ohnehin ständig bedürftig war und das Gefühl hatte, sich etwas Gutes tun zu müssen. Anschließend luden wir seine Sachen aus. Hinnerk hatte das ehemalige Haushälterinnenzimmer für ihn frei gemacht. Bald war alles so weit geregelt und Julius bestens eingetütet. Er fühlte sich so kommod, dass er anfing, einen Riesenjoint zu bauen. Ich zog schon gern mal einen durch, aber nicht, wenn ich auf Kriegspfad war. Ich sagte den beiden daher, dass dies ein unvergesslicher Nachmittag gewesen sei, ich aber nun leider! leider! nach Hause müsse. Julius grinste.

– Pass auf dich auf, Gossec!

Ich zeigte den beiden, über welch staunenswerten Antritt ein alter Mercedesbus noch verfügte, und bretterte ins wattige München zurück.

18

Als ich meinen Laden betrat, wusste ich auf Anhieb, dass er da war. Ein Testosteronlüftchen durchwehte meine Räume. Es roch, als hätte sich dieser Moschusochse mit seinem Pornoheft bei mir vergnügt. Auf den zweiten Blick bemerkte ich, dass Traublinger auf ziemlich grobe Weise meinen Laden gefilzt hatte. Auch noch ungeschickt, womöglich vorsätzlich. Eine schöne Vase mit Goldrand war zerdeppert. Ich stand da und überlegte. Da hörte ich draußen im Hinterhof ein Rascheln. Ich schnappte meinen Totschläger und rannte hinaus. Eine massige Gestalt hastete aus der Einfahrt und bog nach rechts in die Fleischerstraße ein. Sofort machte ich mich an die Verfolgung. Traublinger verschwand in der Ruppertstraße. Ich lief hinterher. Anfänglich sah es so aus, als könnte ich ihn einholen. Auf Dauer erwies sich jedoch, dass er ein gut trainierter Läufer war. Ich verlor mehr und mehr an Boden, außerdem ging mir die Puste aus. Beim Viehhof musste ich ihn dann ziehen lassen, ich hatte kein Chance gegen ihn.

Stinkwütend trottete ich zurück und kickte Steine vor mir her. Am Südbahnhof landete ich dann doch noch einen Glückstreffer. Er hatte seinen BMW dort abgestellt. Ich erinnerte mich genau an das Geschoss, mit dem er damals davongebraust war. Als Erstes trat ich ihm die Scheinwerfer und den Kühlergrill ein, dann sprang ich beidbeinig auf seine Motorhaube. Schlagartig war mir wohler. Man muss Stress auch mal abbauen können. Und wo, verdammt noch mal, kommen wir denn hin, wenn mir jeder dahergelaufene Peinsack ungestraft die Wohnung auf den Kopf stellen darf? In diesem Moment dröhnte ein Güterzug heran. Der Lärm war ohrenbetäubend. Ohne auch nur einen Moment nachzudenken, schrie ich wie besessen, ein Schrei, als stünde ich auf dem von mir erlegten Mammut. Mit einem Sprung von der Kühlerhaube kehrte ich in die Zivilisation zurück. Pfeifend ging ich nach Hause.

Zu Hause brachte ich meinen Laden in Ordnung. Die Vase war zu Bruch gegangen, meine Schubladen waren durchwühlt und meine Ware stand kreuz und quer. Aber das war nichts, was ich nicht in einer guten Stunde wieder geradebiegen konnte.

Anschließend löschte ich sicherheitshalber alle Lichter und setzte mich mit einem Weißbier und paar Zigaretten in die Jugendstilottomane, die ich im Laden stehen hatte. Von dort aus hat man die Straße gut im Blick. Aber alles blieb ruhig. Ich dachte darüber nach, was das alles zu bedeuten hatte. Außer einem Verdacht, der sich mit meiner zunehmend stärker werdenden Müdigkeit verwob und diffus wurde, wollte mir heute Abend freilich nichts mehr durch den Kopf gehen. Klar war nur, dass ich auf der Hut sein musste, wenn ich Traublinger das nächste Mal über den Weg laufen würde. Er aber auch.

19

Ich schlief gut und lange in den Sonntag. Zuallererst musste ich in die Bäckerei. Julius hatte meine Schränke gründlich geplündert, die Vorratshaltung lief auf Reserve. Bei dieser Gelegenheit nahm ich mir auch eine Wochenendzeitung mit. Ich trank Kaffee, tunkte Hörnchen und blätterte in der Zeitung. Die Todesanzeigen gehörten gewiss nicht zu meiner bevorzugten Lektüre, aber der Name Bärnbichl sprang mir sofort ins Auge. Seine Beerdigung war für Dienstag auf dem Waldfriedhof angesetzt. Mir war klar, dass ich da hin musste.

Ein schwarzer Anzug war nicht angezeigt, man würde vermutlich nur auffallen. Wenn ich den Dresscode richtig auffasste, war ich mit einer schwarzen Jeans und der dazu passenden Lederjacke bestens ausgerüstet. Ich steckte auch eine Sonnenbrille ein, die die Augen auch seitlich verdeckte, nicht etwa, weil ich vorhatte zu weinen, sondern weil ich die Möglichkeit haben wollte, die beim Begräbnis Anwesenden unauffällig zu beobachten.

Ich fuhr zum Lorettoplatz und machte mich Richtung Aussegnungshalle auf, die ein Stück vom Eingang entfernt liegt. Auf dem Kiesweg vor mir stöckelte ein Mordsweib. Sie trug einen schwarzen Mantel mit ausladenden Schulterpolstern. Die Idee dieser Schaumgummimassen war, den ganzen Rest unterhalb optisch schrumpfen zu lassen. Dabei gerieten alle Proportionen derart aus den Fugen, dass sie wie die Schwester von Rübezahl aussah. Ihre Haare waren in Zotteln blondiert und zu einer Löwenmähne aufonduliert. Ich musterte sie, als ich an ihr vorbeiging. Sie reagierte sofort.

– Kennen wir uns?

Ich schüttelte den Kopf.

– Aus dem Schwabinger Herzerl?

– Ich gehe nicht ins Puff.

Sie lachte. Aus ihrer Handtasche zog sie eine Zigarettenschachtel und bot mir eine an.

– Achtung, Friedhof, sagte ich.
– Du meine Güte. Streng verboten, oder?
Sie steckte alles wieder in ihre Handtasche zurück.
– Aber zum Adi gehst du?
– Genau.
– Alleine?
Ich schaute sie verständnislos an. Ihr Gesicht war leicht aufgedunsen, mit tiefen Falten. Ihre Jackettkronen mochten früher mal ein Vermögen gekostet haben, inzwischen hatte sie diesen Vorbiss der in die Jahre gekommenen Konstruktion. Trotzdem war ihr Lächeln reizend. Sie beugte sich vor, um mich ins Vertrauen zu ziehen.
– Ich bin ja nicht mehr aktiv. Und heute sind sie wahrscheinlich alle da. Da wirst du leicht dumm angeredet. Muss ich nicht haben. Wir sagen einfach, du bist mein Freund. Was meinst du?
Etwas Besseres konnte mir gar nicht passieren. Mit ihr zusammen war ich perfekt getarnt. Ich bot ihr meinen Arm und ging mit dem Riesenweib weiter, das neben mir so schwankend vorwärts stöckelte, als machten wir bei stürmischer See unsere Deckrunde.
– Der Adi und ich, wir waren ja ein paar Jahre beieinander. Ein Mordskerl, viel zu viel Kraft, aber im Endeffekt …
– …ein armer Teufel, sagte ich, Enrico Malter zitierend.
– Genau. Aber zur Beerdigung muss man dann schon hin, oder? Ich heiße übrigens Lilo.
– Gossec.
– Ist das dein Spitzname?
– Vor-, Zu-, Spitz- und Rufname. Alles in einem.
– Und was hast du mit dem Adi gehabt?

Hinter uns waren schwere, klirrende Schritte zu hören. Dann passierten uns zwei eher kleine, pummelige Männer in schwarzen Ledermänteln und spitzen Stiefeln, die mit Silberkettchen verziert waren. Sie trugen Schlapphüte und wirkten, als kämen sie direkt vom Zorro-Casting.

– Servus, Lilo, sagte der eine und legte die Hand an den Hut.

Sie ließen uns rasch hinter sich, weil ein ausgreifender Schritt einfach zu ihrer Ausstattung gehörte. Zorros tippeln nicht.

– Wer war denn das?, fragte ich.

– Die Zwillinge aus Augsburg. Die Rote Laterne gehört denen. Wie sie wirklich heißen, weiß ich nicht, bei uns liefen die immer nur als Mick und Muck.

Dann beugte sie sich zu mir hinüber, um mir ins Ohr zu flüstern.

– Mick Fick und Muck Fuck. Aber das darfst du denen nicht ins Gesicht sagen.

– Bin ich lebensmüde?

Wir betraten die Aussegnungshalle und setzten uns in die letzte Bank. Ich schaute mich um. Auf den Bänken verteilt waren Figuren, die jedem Gangsta- oder Pimp-Video ein naturalistisches Dekor gegeben hätten. Aber man musste keine große Fantasie haben, um zu verstehen, dass hier nur ein Häuflein chronisch getunkter Underdogs und Zombies mit ein paar aufgedonnerten Weibern herumsaß. Nicht einer von denen hatte das Format eines Hintermanns. Ein einzelner grauer Lodenmantel war auszumachen. Sein Träger hatte so ein breites Maul wie Ernie.

– Kennst du den?, fragte ich Lilo.

– Hm. Ist das nicht dieser Rechtsanwalt?

Genau, das konnte Zwicklhuber sein. Aber wegen ihm hätte ich nicht hierherkommen müssen, seine Adresse hatte ich zu Hause liegen.

Der Kaplan, der die Trauerrede hielt, machte ein nervösen Eindruck. Wahrscheinlich hatte man gedroht, ihn an Ort und Stelle per Kanzelschuss zu erledigen, wenn er ein falsches Wort sagen würde. Er stopselte etwas zusammen von Adi, dem Sportler, dem olympischen Geist und Petrus, der den Herrn auch mehrfach habe handgreiflich verteidigen wollen. Einen Sinn ergab das nur, wenn man annahm, dass Petrus nicht Papst, sondern eigentlich Catcher werden wollte. Schwitzend schaute er immer wieder in die zweite Reihe, wo ein gefährliches Trio saß: ein irgendwie transsilvanisch wirkender Grobian mit pechschwarz gefärbtem Resthaar und einem bösartigen, alkoholzerklüfteten Gesicht, ein Alter mit Blähwampe und nikotinverschliertem Reptilblick und ein junger Türke in Ballonjacke. Fragend sah ich Lilo an.

– Mit denen hat er immer mal wieder zusammengearbeitet.

Ein Schlägertrupp also.

Ich war froh, als Adi endlich in der für ihn bestimmten Grube versenkt war und jeder sein Schäufelchen Erde hinuntergeworfen hatte. Als dann die Zeremonie beendet schien, trat das Schlägerreptil vor und sagte, man wolle noch gemeinsam Adis Lieblingslied anstimmen. Gott sei Dank war der Herr Kaplan bereits verschwunden, denn sie intonierten in kneipengestähltem Gröhlgesang »Wir lagen vor Madagaskar und hatten die Pest an Bord«. Jetzt war es wirklich genug. Ich packte Lilo am Arm, und wir gingen.

Als ich mich später noch einmal umdrehte, stand ein

großer Kerl im Gespräch mit den drei Schlägern. Von der Statur her hätte es Traublinger sein können, aber das mochte ich mir einbilden.

20

Am Parkplatz wollte ich mich von Lilo verabschieden. Aber sie ließ einen solchen Gedanken gar nicht erst aufkommen.

– Ein bisschen Leichenschmaus muss schon sein, das geht doch nicht anders.

Sie drehte sich nach den Zwillingen um.

– Wo geht ihr denn noch hin?

– Pik Ass, logisch.

Sie wendete sich wieder mir zu.

– Eine Runde. Sei so nett!

Wir fuhren mit meinem Bus ins Pik Ass. Aber auch das Pils verbesserte meine Laune nicht mehr. Dieselben Galgenvögel wie zuvor saßen herum. Während Lilo von der vermeintlich sicheren Beziehung aus, die sie mit mir zu haben schien, mit den anderen alte Geschichten wälzte, saß ich vornehmlich still da und dumpfte vor mich hin.

Gegenüber saßen die drei Schläger. Offenbar hatten sie ein Anliegen, ein krummes Projekt, und begannen daher, Muck ins Vertrauen zu ziehen. Der Transsilvanier hatte ihm einen Zettel mit Zahlen vorgelegt.

– So haben wir es angeboten. Ist doch okay, oder?

– Bis der Heinz ankam. Dieser Verräter.

Worum es ging, konnte man sich ungefähr vorstellen. Aber in allen Stereotypen, in denen sie sich und ihre Situation variierten, waren sie die Frustrierten. Die Kohle, die Weiber, die Chancen – die hatten immer nur die anderen. Sie waren die Gefickten, wie sie sagten. So schaukelten sie sich in ihrem Hass gegenseitig auf und träumten von einem glanzvollen Comeback.

– Aber da gibt es Möglichkeiten, raunte das Reptil.

– Die Pläne haben wir in der Schublade, ergänzte der Transsilvanier.

Der Türke sagte nie etwas. Er nickte, grinste und trank. Wahrscheinlich musste er im Ernstfall andere Fähigkeiten haben.

Dann aber brach die Verschwörung wieder in sich zusammen. Resigniert stellten sie einen Schnaps ab.

– Katzen fressen, schlafen, ficken. Nur wir sind blöd, oder?

Ich zog Lilo zu mir her und sagte ihr, sie solle, so gut sie könne, dafür sorgen, dass die Zorros und Zombies eine Weile bei ihr am Tisch blieben. Fragend schaute sie mich an, nickte aber schließlich. Vor der Toilette war eine Holzwand aufgebaut, dahinter befand sich die Garderobe. Dort filzte ich die Mäntel nach Hinweisen. Aber es war nicht wirklich überraschend, dass sich kein Hinweis auf die Global Real Estate, Traublinger oder sonst jemanden aus der gutbürgerlich-legalen Welt fand. Hätte ich je einem dieser Galgenvögel meine Visitenkarte ausgehändigt, hätte ich darauf bestanden, dass er sie gleich an Ort und Stelle aufisst.

Als ich zurückkam waren sie immer noch oder schon wieder bei Adi.

– Und jetzt hat es auch den Adi noch weggehauen.

– Eine Wildsau war der. Der absolute Hund.

– Damals nach dem Zirkus-Krone-Auftritt hat er zweitausend Mark an einem Abend verjubelt.

– An einem Abend?

– Mit einer Handvoll Nutten, logisch!

– Wahnsinn.

– Aber gevögelt hat er die trotzdem nicht.

– Ach, Schmarren!

– Sage ich zu ihm: Und, Adi, wie war's? Sagt er: Spinnst du, ich vögel doch keine gekauften Nutten. Aber Champagner haben sie gesoffen.

Ich zupfte Lilo am Ärmel und flüsterte, dass ich nun endlich gehen wolle. Sie war einverstanden, sagte aber, sie müsse sich noch kurz zurechtmachen und komme dann gleich zum Parkplatz.

Ich ging hinaus an die frische Luft und streckte mich. So viel Müll, wie sie mir zurzeit in den Schädel pressten, konnte kein Mensch mehr da oben entsorgen. Man begann zu verblöden. Als ich meine durch Unmut und Langeweile getrübte Aufmerksamkeit wieder schärfer gestellt hatte, sah ich den Türken vor meinem Wagen stehen. Mit Baseballschläger. Jetzt war mir klar, dass es also doch Traublinger gewesen war, der die drei auf dem Friedhof beiseite genommen hatte.

Reden konnte der Türke jetzt auch, sogar ganz flüssig.

– Hey Mann, willst Fotze mit Basy?

– Probier's doch, sagte ich. Aber, Vorsicht, Hintermann!

Einen kurzen Moment zuckte er nach hinten. Mir genügte das, um meine Stahlrute aus der Jacke zu zerren. War ich denn blöd, dass ich auf so eine Beerdigung ohne die ging? Ich gab ihm einen kräftigen Hieb auf die Tatze. Schreiend ließ er den

Baseballschläger fallen, fiel vornüber auf die Knie und saugte jammernd an seinem Handrücken. Das war kein Held, schon gar nicht ohne seinen Schläger.

– Verpiss dich, Junge. Aber in diese Richtung. Wenn du auch nur einen Schritt Richtung Kneipe zurückmachst, vertrimm ich dir die Kutte.

Er lief die Straße hinunter. Jetzt waren sie wieder einmal die Gefickten, und wenn es nach mir ging, sollte das auch künftig so bleiben. Lilo trat hinter einem Wagen hervor. Vor Schreck hielt sie noch die Hand vor den Mund.

– Du meine Güte, was war das denn?

Ich war unfähig zu antworten, denn ich stieß gerade Traublinger mit seiner büffeligen Aura in die finsterste Hasskammer meines Herzens. Dort machte ich ihn als Sandsack zurecht und hängte ihn oben an der Decke auf. Jetzt musste ich nur noch reinhauen.

– Hallo, sagte Lilo, bist du noch da?

Sie tätschelte meinen Arm.

– Ach was, fuhr ich auf, da ist einer, der mich partout kleinkriegen möchte. Aber das ist eine längere Geschichte.

– Fährst du mich trotzdem nach Hause?, fragte Lilo.

– Klar, sagte ich, aber nichts wie weg hier.

Ich brachte sie nach Pasing in das Häuschen, das sie dort bewohnte. Klein, aber grün. Bevor sie ausstieg, legte sie mir die Hand auf den Unterarm.

– Wenn du dir mal einen netten Abend machen willst, besuchst du mich.

Zweifelnd sah ich sie an.

– Ich koche ziemlich gut, fügte sie an, um Missverständnissen vorzubeugen.

– Klasse, sagte ich. Ich komme bestimmt mal.

Dann kritzelte sie ihre Nummer auf mein Blöckchen am Armaturenbrett und stieg aus.

21

Warum verfolgte mich dieser Ochse mit seiner ganzen Niedertracht? Entweder wollte er den Superbullen abgeben, oder er hatte selber etwas auf dem Kerbholz. Ich aber schmorte im eigenen Saft, ich kapierte einfach noch nicht, was hier gespielt wurde. Der Zusammenhang fehlte. Ich musste jetzt endlich einmal das entscheidende Stück weiterkommen. Dazu waren robuste Schritte nötig. Ich schlief nicht lange und ziemlich schlecht. Aber das machte nichts. Das Adrenalin brodelte in mir.

Anderntags war zunächst mein Geschäft an der Reihe. Man lebt ja nicht von der Hand im Mund. Ich hatte ein Dauerinserat in der *Süddeutschen* geschaltet, dass bei mir Haushaltsauflösungen samt Entsorgung kostenlos zu kriegen waren. Natürlich waren es immer dieselben, die anriefen. Mutter sollte endlich ins Heim, die Kinder nahmen mit, was irgend wertvoll schien, den Rest sollte ich wegschaffen. Ein bisschen etwas war dann noch dabei, so schlau waren die Erben eben doch nicht. Und ich wusste, was ging. Normalerweise machte ich mir keinen Kopf, was ich nicht brauchen konnte, haute ich gleich vor Ort zu Kleinholz und stopfte es in die mitgebrachten Müllsäcke.

Dann aber gab es moralisch knifflige Fälle, wie den des alten Mannes, den ich an diesem Tag aufsuchte. Er hatte alles bestens verschnürt und sortiert. Im Altersheim würde er nur ein Zimmerchen haben. Müll hatte er dankenswerterweise schon weggebracht. Ich wusste gar nicht genau, was hier noch mein Job sein sollte. Zu allem Überfluss überreichte er mir einige Ölgemälde. Hirsch vor Garmisch oder so ähnlich. Nicht mein Geschmack, aber ziemlich gut zu verkaufen. Auch der Kirschholzschrank war erste Sahne.

Ich dachte schon, dass ich einfach einmal einen Glückstag erwischt hätte, dann erst brachte der Alte sein eigentliches Anliegen zur Sprache. Es ging um eine massive Holzkiste mit Büchern, die er mir besonders ans Herz legen wollte. Sie enthielt seine gesammelten Gedichte, die er im Selbstverlag gedruckt hatte. Offensichtlich hatte er resigniert und glaubte wohl, es sei ein kluger Schachzug, sie einem Händler wie mir zur Verbreitung unterzujubeln. Wenn man hineinlas, packte einen das kalte Grausen. Dort mussten vor Hohen Tauern Hähne auern. Man hätte auf der Stelle weinen mögen. Aber wenn ich den Alten ansah, wurde mir ganz schwummrig. In seiner Verzweiflung hatte er mich zur letzten Chance erkoren. Vielleicht würde ja doch noch der warme Schein eines goldenen Nachruhms auf ihn fallen. Durch mich! Die Kiste war ein Nachlass, den er als eine Art Flaschenpost losschickte. Solches bedenkend, hätte ich an Ort und Stelle noch mehr weinen mögen. Logischerweise gab er mir auch noch ein dickes Trinkgeld, und ich saß jetzt mit seiner Kiste im Fond da.

Die Wege des Herrn, so viel war wieder einmal sicher, waren unergründlich, und offenbar suchte er sich stets den gröbsten Knecht, um seinen Willen zu erfüllen. Ja nun, sei's drum! Für irgendetwas ist der Mensch schließlich auf der Welt.

Ich fuhr mit dem Ding zu Hans Heinrich, der einen hübschen Laden in Haidhausen hat. Bücher, Bücher und noch mal Bücher. Als ich mit der Kiste seinen Laden betrat, fing er an zu zetern.

– Weg! Raus mit dir. Ich will nichts, ich zahle nichts.

Ich packte ihn am Bart und zog ihn zur Kiste hinunter.

– Schau dir das mal an.

Er nahm ein Buch heraus, las das erste Gedicht mit den Hähnen, die vor Hohen Tauern auern, und haute mir das Buch auf den Schädel.

– Bist du jetzt irre, Gossec?

– Absolut nicht. Pass auf …

Ich griff in die Tasche, holte hundert Euro heraus und bügelte ihm den Schein auf die Theke. Zum ersten Mal glomm in seinen Augen etwas auf, was sich als verlegerisches Interesse deuten ließ.

– Jedem, der ein Buch bei dir kauft, gibst du einen Gedichtband gratis mit, okay?

Er langte nach dem Schein. Ich griff noch einmal in seinen Vollbart und zog ihn zu mir heran.

– Das sind die Gedichte meines Großonkels. Wenn du das versaust, kommst du in die siedende Hölle.

Er zuckte die Achseln.

– Und wenn ich dir draufkomme, setzt es eine Tracht Prügel.

Wir waren handelseinig, und Opi wäre über mein kluges Vertriebskonzept glücklich gewesen.

So hatte ich also auch diese heikle Geschichte mit Anstand hinter mich gebracht. Inzwischen war es Nachmittag geworden, und ich musste mich nun endlich um meine andere Baustelle kümmern. Ich fuhr direkt zu Zwicklhuber in die Nördliche Auffahrtsallee.

22

In Zwicklhubers Kanzlei kam ich ohne Umschweife zur Sache. Ich sagte der Sekretärin, dass ich mit ihm einen Termin vereinbart hätte und nun vorgelassen werden wolle. Frau Dennerlein blätterte fassungslos in dem großen Kalender und jammerte.

– Da steht nix. Ich finde nix.

– Mündlich reicht doch auch, sagte ich.

– Aber das kann doch gar nicht sein. Wo er doch jeden Mittwoch in der Sauna ist.

– Heute auch?

– Ja freilich. Im Müllerschen Volksbad. Jeden Mittwoch. Vielleicht, dass Sie sich doch getäuscht haben?

Ich bedankte mich und ging. Wenigstens wusste ich jetzt, wo er war. Ein paar Runden Sauna und Dampf würden auch mir guttun, und nackig konnte man sich ohnehin freier miteinander unterhalten. Keine Konventionen, keine Standesunterschiede, jeder mit dem gleichen desinfizierten Handtuch der Stadtwerke.

Das Müllersche Volksbad liegt direkt an der Isar gegenüber

dem Deutschen Museum. Ob vor allem hygienische Gründe den Ingenieur Müller dazu bewogen haben mochten, der Bevölkerung ein Luxusbad im feinsten Jugendstil zu spendieren, weiß man nicht. Jedenfalls konnte der Münchner im Keller seinen Dackel abspritzen und anschließend ein Stockwerk höher das Wannen-, Brause- oder Schwitzbad besuchen. Die Idee eines Gleichklangs von Mensch und Bauwerk beherrschte die früher nach Geschlechtern getrennten Schwimmhallen: Während der Herr seine Körperlichkeit in dem ihn überspannenden Tonnengewölbe wiedererkannte, wurde die Dame in dem anmutigen Kuppelgewölbe mit einer Hommage an ihre weiblichen Formen geehrt.

Ich nahm mir eine Kabine und checkte ein. Da ich Zwicklhuber nicht auf Anhieb entdecken konnte, setzte ich mich in die Sauna. Über mir lagen zwei junge Kerle, der eine muskulös, mit Dornenkranz-Tätowierung um den Oberarm und einem späten Sven-Väth-Bartspoiler am Kinn, der andere moppelig mit so exakt platzierten Schweißperlchen auf dem Bauch, dass er aussah wie ein Sesambrötchen. Dass wir nun zu dritt waren, hielt sie nicht davon ab, sich weiter ihrem Thema zu widmen. Genau genommen war es kein Thema. Worüber sich zwei Männer niemals unterhalten sollten, wenn sie bei gutem Verstand sind, ist ihr gemeinsamer Lieblingsfilm. Wenn sie aber nun auch noch wie die beiden Knaben auf der Holzbank daran gingen, ihre Passion auszupinseln, so musste sich ein unbeteiligter Dritter wie ich in die geschlossene Hirnversehrtenanstalt versetzt fühlen.

– In der Szene da, wo der Stuhl umfällt, kommt er rein …

Auf diese Andeutung des Sven-Väth-Darstellers hin lachte sich das Sesambrötchen bereits einen Ast.

– … und macht ein Gesicht …

Noch mehr Heiterkeit, die so überwältigend war, dass nun auch dem Erzähler neben dem Schweiß die Tränen kamen und er nicht mehr weiterkonnte.

– Wahnsinn!

– Wie er da so schaut, Wahnsinn!

Wieder war die beidseitige Freude riesengroß.

– Vorschlag zur Güte, sagte ich. Wenn ihr euch weiter aufgeilen wollt, da hinten wäre die Toilette. Abschließbar. Da könnte ihr euch echt einen runterholen, ohne anderen auf den Senkel zu gehen.

Das Sesambrötchen blieb wie vom Donner gerührt liegen. Der andere sprang hoch. Ich stand aber schon.

– Okay, sagte ich, probier's.

Dann war Ruhe. Die beiden verließen fluchtartig die Sauna. Der Zusammenstoß hatte mich energetisch ein gutes Stück nach oben gehauen. Die Betriebstemperatur war erreicht. Ich kühlte mich nur ein wenig unter der kalten Dusche ab und machte mich auf die Suche nach Zwicklhuber.

23

Bald hatte ich ihn ausfindig gemacht. Erfahrene Saunagänger wie er bewegen sich in ihrem Bad wie ferngesteuert. Jeder Griff, jeder Weg sitzt, der Gesamtablauf ist so verdichtet, dass es keine Leerstelle mehr gibt. Zwicklhuber lief wie auf einer Schiene zu seiner Kabine, die ganz hinten beim Durchgang zur Schwimmhalle lag. Wahrscheinlich hatte er jede Woche dieselbe Nummer. Er sperrte auf.

– Guten Abend, Herr Zwicklhuber.

Entgeistert schaute er mich an.

– Wer sind denn Sie?

– Gossec. Der Fall mit dem zugemauerten Büro in der Zenettistraße.

– Ich bin privat hier. Wenn Sie nicht sofort verschwinden, hole ich den Bademeister.

Ich drückte die Tür auf.

– Schauen Sie, Herr Zwicklhuber. Vor ein paar Tagen hat Adi versucht, mir das Gesicht glatt zu hobeln. Gestern wollte mir der Türke vom Rollkommando, das sicher auch schon für Sie gearbeitet hat, mit dem Baseballschläger eins überziehen. Und wissen Sie was? Ich habe sie beide plattgemacht. Bitte nehmen Sie doch Platz.

Artig setzte sich Zwicklhuber auf die Liege. Seine Augen waren in heller Panik weit aufgerissen. Ohne seinen Schmuckloden sah er traurig aus. Ein Breitmaulfrosch mit dürren langen Beinen und einem Bauch, der ihm so unnatürlich gebläht zwischen den Hüften hing, dass man unwillkürlich nach den Schulterriemen guckte, wo er ihn abschnallen konnte.

– Das ist alles mit rechten Dingen …

– Pscht, machte ich. Ich frage, Sie antworten.

Er ließ die Schultern vornüberhängen, gottergeben, und stützte schließlich seine dünnen Ärmchen auf die Oberschenkel.

– Wer ist Ihr Auftraggeber? Wen vertreten Sie?

– Die Global Real Estate.

– Und die sind was?

– So eine Art Immobilienfonds, glaube ich. Jedenfalls eine riesige Firma. International.

– Und sitzen wo?

– Uptown Munich.

Das war der Bürokomplex in dem neuen Hochhausturm, der vor einiger Zeit am mittleren Ring in Schwabing fertiggestellt worden war.

– So, jetzt erklären Sie mal einem Laien wie mir, worum es in der Zenettistraße eigentlich geht. Warum haben Sie das Wohnbüro von Herrn Balser räumen lassen?

– Ja Herrschaftszeiten, worum geht's schon? Seit einem halben Jahr kriegt der Mensch Briefe. Man bietet ihm Ersatzbüros an. Man bittet ihn, die Lokalität zur Sanierung freizugeben. Und dieser Holzkopf antwortet nicht. Mieterhöhung ignoriert er komplett. Überweist stur Jahr und Tag denselben Betrag. Dreihundertfünfzig Euro! Lächerlich. Wo soll denn da eine Rendite herkommen. Und das auf dem Münchner Markt. Glauben Sie, so eine große Firma wie Global Real Estate lässt sich verarschen?

– Nicht aufregen! Sie haben auf übelste Weise entmietet, ist Ihnen das klar?

– Ja, gut, eine Entschädigung wird man ihm so oder so zahlen müssen. Das ist klar. Damit muss man kalkulieren.

– Gut zu hören. Da kann man schon drauf aufbauen. Und jetzt erklären Sie mir noch: Warum das Schlachthofviertel? Ist doch ein übles Viertel. Stinkt, marode Bausubstanz, schlechte Infrastruktur.

– Das sage ich ja auch immer. Aber das Haus war halt billig. Und jetzt muss man schauen, dass was erwirtschaftet wird.

Ich musterte ihn und hatte nicht den Eindruck, dass er log. Er wusste ganz einfach nichts von den Plänen um das Schlachthofviertel. Was nun aber die Global Real Estate wusste, das war noch ein großes Geheimnis für mich. Ich stand auf und reichte ihm die Hand.

– Dann bedanke ich mich für das informative Gespräch, Herr Zwicklhuber. Ich bin sicher, wir hören wieder voneinander.

Erleichtert ließ er mich ziehen. Aus seiner Sporttasche holte er eine Flasche Bier und entkorkte sie zischend.

Ich ging zum Schwitzbadbereich zurück. Eine richtige Prozession strudelte zur Sauna hin.

– Was ist denn los?, fragte ich.

– Der Russe kommt, antwortete ein älterer Herr.

– Jetzt erst?

Dummer Witz! Geringschätzig schaute mich der Alte an.

– Der macht einen Aufguss. Mein lieber Schwan. Wenn du den überstehst!

Das war ein gutes Abschlussprojekt. Ich folgte ihm.

Die Saunakabine war gesteckt voll. Wir saßen dicht gedrängt auf den Holzbänken wie die Hühner auf der Leiter. Dann ging die Tür auf, und der Russe betrat die Sauna. Vereinzelt gab es Beifall, offenbar war er als Künstler bekannt. Während wir alle im Normalformat aneinandergekuschelt waren, erschien der Russe in Cinemascope, ebenso breit wie lang, Abteilung Ringer oder Gewichtheber. Der Russe freute sich über den herzlichen Empfang und verzog sein Gesicht zu einem Lächeln, das die Überlegenheit seines Breitwandformats voll ausschöpfte.

– Griß Gott, sagte er.

Er war also ein Russisch-Orthodoxer und keinesfalls Kommunist. Um seine Schultern hatte er ein weißes Handtuch gelegt, ansonsten trug er eine dicke blaue Badehose mit weißen Seitennähten und Reißverschlusstäschchen, wie ich sie zuletzt als Kind an meinem Vater gesehen hatte. Allerdings war die seine etliche Nummern größer, denn seine Oberschenkel hatten die Dimensionen von Säulen. Er setzte den gut gefüllten Eimer ab und rührte mit einem großen Holzlöffel die aromatisierte Brühe durch.

– Eukaliptus, sagte er.

Warum er kein Ü sprechen konnte, wusste ich auch nicht.

Noch bevor er die ersten Kellen voll auf den Ofen gegossen hatte, ertönten schon Schmerzensschreie von den Rängen, lustvoll gequälte *Ahs*, *Ohs* und *Ohwehs*. Dann wedelte er mit dem mitgebrachten Handtuch, mal zart, mal windmühlen-, mal peitschenartig. Jetzt verstand ich das Spiel. Es ging darum, wer es am längsten aushielt. Ganze Gruppen verließen fluchtartig die Kabine, und es mochten wohl zwanzig Kellen gewesen sein, die er aufgelegt und propellernd feinverteilt hatte. Dann saßen noch vier gut durchgesottene harte Kerle im Raum, und der Russe erbarmte sich unser.

– Machen Schluss, sagte er, Herz.

Er deutete ein vibrierendes Etwas in der linken Brustgegend an, dann komplimentierte er jeden einzeln hinaus.

Keine Frage, dass man mit so einem als Trainer dem Finnen die Weltmeisterkrone im Saunieren entwinden würde. Noch eine Stunde später, als ich meinen Flüssigkeitsverlust mit Weißbier ausglich, war ich stolz auf meine Heldentat. Ich schaute mich im Lokal um, und da hinten im Eck saß eine Frau, die meinen Blick freundlich lächelnd erwiderte. Es musste wohl daran liegen, dass ich sauber, wohltuend durchgearbeitet und gut durchblutet aus dem Bad gekommen war und etwas ausstrahlte, was Hühner so an frischroten Hahnenkammträgern zu schätzen wissen. Dass ich nicht sofort ein Gespräch mit ihr suchte, lag daran, dass man sich Frauen nicht so offenbaren kann, wie man das möchte. Es gibt eine manchmal schmerzliche Getrenntheit zwischen den Geschlechtern. Frauen war es verdammt schwer zu vermitteln, dass man sich, ihre Unterstützung vorausgesetzt, gut vorstellen konnte, nach dem Lorbeer eines Saunaweltmeisters zu greifen, und dass man gerade eben schon ein wenig an einem solchen Grenzbereich gekratzt hatte.

Ja doch, so war das, aber man war ja flexibel und hatte auch noch andere Themen. Also packte ich mein Glas und setzte mich hinüber.

Sie hieß Anja, war Kunsterzieherin und Mitglied einer Schwimmgruppe, die sie heute im Stich gelassen hatte. Nach artigem Geplänkel, in dem ich offenbar *bella figura* machte, zog mich Anja ins Vertrauen.

– Ich habe ein Problem.

Einen, der gerade eben in der Weltrangliste so nach oben geschossen war, konnte das nicht verwundern.

– Mein Schloss klemmt.

Ich verschluckte mich fast an meinem Bier. War das eine Wendung aus dem Ingenieurswesen oder Pornoslang? Anja zog einen Fahrradschlüssel mit abgeschabter Nase aus der Tasche.

– Draußen am Fahrradständer steht es.

Ach ja! Aber was sollte daran ein Problem sein? Wo uns doch die Natur mit kräftigen Oberarmen und der handwerklichen Selbstgewissheit ausgestattet hat, jede Maschine wieder zum Laufen bringen zu können.

24

Nach diesem wechselvollen Abend ging der Vormittag des nächsten Tages zum Ausgleich mit einem einträglichen Geschäft los. Offenbar ruhte der Segen der guten Tat auf mir, anders konnte ich mir jedenfalls nicht erklären, dass schon nach kurzer Zeit ein Kunde derartig scharf auf meine Neuerwerbung in Öl, »Hirsch vor Garmisch«, war.

Die Kunst, einen Trödelladen zu dekorieren, ist, die Dinge, die man verkaufen möchte, auszustellen und dabei gleichzeitig ein bisschen zu verstecken. Der Kunde geht davon aus, dass vorne im Fenster das steht, was der Händler als seine schönsten Stücke betrachtet und am dringlichsten losschlagen möchte. Irrtum! Bei mir waren ganz vorne zwei Karussellfiguren aus Holz ausgestellt, die jedes koloniale Herz höher schlagen ließen: ein Elefant mit rotem Sattel und ein höflicher Mohr mit Turban und Samtspenzer. Die beiden zogen die Leute an, deshalb legte ich überhaupt keinen Wert darauf, sie zu verkaufen, es sei denn jemand hätte tatsächlich diesen fantastischen Preis bezahlt, mit dem ich sie ausgezeichnet hatte. Schon eher ging es um den filigranen Silberschmuck daneben, den man, einmal angelockt, aus der Nähe begutachten konnte. Stücke, die ich dringlich an den Mann bringen wollte, stellte ich ein Stückweit dahinter auf, scheinbar achtlos. Das

Bild war schlampig auf einen Stuhl gestellt. Der Kunde spähte durch Schaufenster, bemerkte das Bild und war sicher, dass dieser Simpel von Händler gar nicht wusste, was er da für ein Wertstück hatte. Auf dieser Basis machte man im Trödelbereich die besten Geschäfte.

Von meiner Theke aus sah ich, dass ein Mann wie festgenagelt vor meinem Schaufenster stand. Endlich betrat er den Laden. Er trug einen grauen Kaschmirmantel und einen grünen, breitkrempigen Hut, dessen breites, geflochtenes Band in einer seitlich herabhängenden Quaste auslief, einem derart dicken Teil, als habe er das Brokatgehänge am Fenster zu Hause geplündert. Schon als er mich über seine Lesebrille hinweg zu inquirieren begann, wusste ich, dass hier irgendwelche Mitmenschlichkeitsrabatte nicht infrage kamen.

– Was soll denn das kosten? Dieser Ölschinken da.

– Dieser Ölschinken ist ein echter Banzer, entgegnete ich gepflegt.

– Und ist das ein Name? Kennt man den?

– In diesem Genre wohl. Ich wüsste nicht, wer diesem Motiv noch so viel Originalität abgewinnen könnte. Ein Zeitgenosse von Leibl übrigens.

Leibl zog in München immer. Ihn hätte ich wie geschnitten Brot verkaufen können. Ohne Ende.

– Also schön, was soll Ihr Banzer dann kosten?

– Elfhundertfuffzig.

Das klang gut und hart durchkalkuliert. Der Graumann lachte höhnisch auf, er zerrte die Brille von seiner Nase und versuchte sie in eine Tasche zu stecken, wo keine war: vorne am Mantel.

– Vollkommen irre, guter Mann.

– Schade, sagte ich. Aber einen echten Banzer geben wir nie günstiger ab. Tut mir leid. Der hat eine Stammkundschaft.

Jetzt wurde er fuchsig, er dachte, ich würde zu feilschen beginnen.

– Ich biete Ihnen achthundert.

Ich schüttelte den Kopf. Wütend drehte er sich um und machte Anstalten, meinen Laden zu verlassen. An der Tür wollte er mir noch einen mitgeben.

– Überlegen Sie sich das. Mehr holen sie für das Ding sicher nicht heraus.

– Schauen wir mal.

– Genau.

Schon war er draußen. Nach einer Weile schaute ich aus dem Laden, ob er tatsächlich weg war. Die Straße war leer. Nun nahm ich das Bild aus dem Fenster.

Mit vielem hatte ich gerechnet, aber nicht damit, dass er schon kurz nach Mittag wieder in meinem Laden stehen würde. Wahrscheinlich hatte er seine Besorgungen hinter sich gebracht und noch etwas gegessen. Ich hatte auch Hunger und wollte den Laden gern schließen.

– Ist das Bild verkauft?

– So gut wie, antwortete ich.

Das war in diesem Fall, wenn ich nicht total danebenlag, die reine Wahrheit.

– Ist es jetzt verkauft oder nicht?

– Formell nein.

– Also her damit!

Den Herrn wollte er dann doch hervorkehren, wenn er schon unterlegen war. Er warf seine Kreditkarte auf die Theke.

– Nur bar, sagte ich.

– Okay, sagte er, aber dann liefern Sie zu mir nach Hause.

– Gerne. Aber ein Hunni Anzahlung möchte schon sein.

Er nagelte Visitenkarte und Geldschein wie zwei Trumpfkarten auf den Tisch und segelte davon. Nun war also zu meinem Hunger auch die Vorfreude auf etwas kulinarisch Besonderes gekommen, das ich mir bei so florierenden Geschäften gut leisten konnte. Ich sperrte alles ab und ging hinüber zum Wirtshaus in die Großmarkthalle.

25

Seit der Adelung dieses Albinobräts zur Spezialität ist das Deppenspiel im Gange, wo es die beste Münchner Weißwurst gibt. Praktisch jedes Gasthaus macht sich anheischig, sie zu haben. Bei einer heißen Bosna im Schafdarm Kaliber zwanzig aus dem Balkangrill, die nach dem Anstechen erst mal minutenlang paprikarotes Sickerfett abgibt, kann man sofort sagen, dass sie zu speckig geraten ist. Später kann man noch darüber rechten, ob zu viel Knoblauch, Chili oder sonst was Ungutes drin ist. Bei einer Wurst jedoch, deren Zutaten gesetzlich so festgeklopft sind wie das Reinheitsgebot für Bier und die im besten Fall als weiches, warmes, irgendwie angenehmes Nichts im Mund liegt, gibt es außer Kennermienen und Verwendung von Gammelkalbfleisch wenig Kriterien.

Hin und wieder esse ich gerne eine Weißwurst, aber nie zusammen mit Leuten, die behaupten, sie würden die beste kennen. Sie haben einen entweder dorthin geschleppt, wo es sie wirklich gibt, dann sitzen sie da, lauern jedem Bissen hinterher und sind stockbeleidigt, wenn man nach dem Hinunterschlucken nicht auf ihr Urteil einschwenkt. Oder sie müssen sich mit der Zweit- oder Drittbesten begnügen, dann schwatzen sie einem mit dem Lobpreis ihrer Besten derartig die Hucke voll, dass man jeden Appetit verliert. In der Lokalität an der Großmarkthalle läuft der bayerische Klugscheißer ins Leere, weil es kaum Externe gibt, an die man hinreden könnte.

Ich bestellte mir eine Kalbshaxe mit Prinzessböhnchen und Röstkartoffeln. Hinterher war ich zugeballert wie eine Anakonda mit einem kompletten Hängebauchschwein im Leib und saß eine geschlagene Viertelstunde da, unfähig, die Hand zu heben, um den Kaffee zu bestellen, der mir wieder auf die Beine helfen würde. Buddhistisch gesehen befand ich mich im Idealzustand, es gab momentan nichts, was ich von dieser Welt begehrt hätte. Der Fehler war nur, dass dieses tief gefühlte Nichts mit unzulässigen äußeren Mitteln wie einer Kalbshaxe hergestellt worden war.

Als ich das Kännchen endlich vor mir hatte, endete dieser schöne Zustand abrupt, und mir wurde bewusst, dass ich mit der anstehenden Fahrt zum Uptown Munich drauf und dran war, meinen Glückstag in den Wind zu schießen. Aber, so hatte ich das vom Dalai-Lama gelernt, nach der Sonne würde wieder Regen kommen. Und das alles immer wieder von vorne und so lange im Kreis, bis einem komplett egal war, welches Wetter draußen anstand. Dann war man zwar auch nicht glücklicher, aber man brauchte keine Kalbshaxen mehr, um sich gegen das Unglück abzustumpfen.

Ich nahm den Bus, lud das Bild ein und fuhr zunächst in die Holbeinstraße, um dem Graumann seinen Banzer anzuliefern und mein Restgeld abzuholen. Die Wohngegend war schönstes Bogenhausen, wobei es nicht wegen der vielen Villen dort so schön ist, sondern wegen der einmaligen Möglichkeit, Kaviar und Schampus beim »Feinkost Käfer«-Stammhaus fußläufig einholen zu können. Die Transaktion Bild gegen Geld ging ohne Schwierigkeiten vonstatten. Über den Ring fuhr ich Münchens höchstes Gebäude an.

Ich stellte meinen Wagen unten auf dem Parkplatz ab. Zum Glück für meine Kalbshaxe und mich gab es gleich einen leistungsfähigen Lift, der mich nach oben in Zone drei beförderte, die bis zum fünfunddreißigsten Stockwerk reichte. Es war ausgemachte Sache, dass irgendwann einmal ein göttlicher Blitz in diesen babylonischen Turmbau fahren würde, weil hier das Münchner Dommaß von etwa hundert Metern eklatant überschritten worden war. Aber das musste ja nicht gerade dann sein, wenn ich mich dort aufhielt, nein, das würde jetzt bestimmt nicht passieren, denn der Herr kenne die Seinen, pflegte der französische Großinquisitor zu sagen.

Als ich ausstieg, kam ich durch eine Schwingtür aus Edelholz und Milchglas an eine Verzweigung: Links ging es zur International Business Development, rechts zur Global Real Estate. Das war meine Richtung. Allerdings war dem Eintritt in diese geheiligten Hallen ein atemberaubend langer Edelholz-Chrom-Rauchglas-Desk vorgeschaltet. Eine Frau in besten mittleren Jahren, die ich in Neapel als Schwester von Sophia Loren anbaggern würde, saß dahinter mit Headset, Flachbildschirm und einem Lächeln, das mich umgehauen hätte, wenn ich es irgendwie hätte persönlich deuten können.

– Guten Tag, kann ich Ihnen helfen?

– Guten Tag auch. Nein, vielen Dank, bitte behalten Sie Platz. Muss nur zur Real Estate.

– Das geht nicht!

– Ach was, natürlich!

Ich steuerte einfach den rechten Eingang an. Wieder protestierte sie heftig.

– Halt, bleiben Sie doch stehen!

– Verabredung mit dem Chef, rief ich ihr zu.

Dann drückte ich die Tür auf, um nach so langer Zeit endlich ins Herz des Bösen vorzustoßen. Innen war alles ganz ruhig, kein Laut, kein Telefon, kein Tastaturgeklapper. Ich ging einen Gang entlang, der mit Einbauschränken aus zartem Birkenholz ausgestattet war, und bog dann in ein Großraumbüro ein. Dort verschlug es mir die Sprache.

Hufeisenförmig standen kirschholzfarbene Schreibtische so aufgereiht, dass alle über die breite Glasfront einen wunderbaren Ausblick hinaus hatten. Weiter links, ebenfalls durch Glas abgetrennt, lag das Chefbüro mit einem Teakholzwuchter als Arbeitstisch, aus dessen bloßer Holzsubstanz man unzerstörbare Brotzeitbretter für eine riesige Belegschaft hätte fertigen können. Allerdings gab es hier keine Belegschaft, auch keinen Chef. Dieses perfekt eingerichtete Büro war leer. Nach dem tief gefühlten stand ich nun vor dem erschrocken wahrgenommenen Nichts. Dem Garnichts!

Meine Fresse, was war denn hier los? Hatte sich ein zorniger Gott endlich dazu durchgerungen, die Globalisierung wie Sodom und Gomorrha aus der Welt zu schaffen? Es gibt eigentlich kaum einmal eine Situation, in der mir nichts mehr oder nur noch Blödsinn einfällt. Diese hier war so eine!

Ich setzte mich auf einen der Schreibtische und schaute hinaus. Irgendwo dahinten lag Unterastbach. Mit einem guten Teleskop hätte ich zu Hinnerk und Julius hinüberwinken können, die wahrscheinlich um ein bullerndes Öfchen saßen und Maroni oder Äpfel brieten.

Ach was, Scheiße. Tatsache war doch, dass ich mich nicht mehr zurück zu Sophia Lorens Schwester traute, an der ich mit dümmstmöglichen Sprüchen vorbeigetackert war. Oder sollte ich ihr etwas von dem produktiven Gespräch mit ihrem Chef vorschwärmen? War keine gute Idee, bis ich unten im Parterre angekommen wäre, hätte sie schon die beiden Pfleger aus der Irrenanstalt herbeordert, die mich mitnahmen.

Ein Freund von mir wäre damals gern Chauffeur von Direktor Künkel geworden. Als er in dessen Haus zu einem Vorstellungsgespräch antrat und zu ihm geführt wurde, stellte er fest, dass er auf dem blütenweißen, flauschigweichen Berber vor Künkels Schreibtisch sohlenförmige, bestialisch stinkende Hundekotabdrücke hinterließ. Er habe, so sagte er, dieses sinnlos gewordene Gespräch nur mit der Würde absolvieren können, die uns gerade in dem lebendigen Bewusstsein eigen ist, zutiefst fehlbare Wesen zu sein.

Ich schlich nach draußen zurück.

26

Sie würdigte mich keines Blicks, als ich wieder an ihrem Desk stand. Ruhig und knapp verrichtete sie ihre Arbeit.

– Ich kann mich nur entschuldigen für mein Verhalten und die blöden Sprüche.

– Schon recht, sagte sie.

Sie machte keine Anstalten, auch nur Blickkontakt mit mir aufzunehmen.

– Aber ich hatte ziemlich Druck, wissen Sie.

– Kommt bei Männern wie Ihnen öfter mal vor.

Diese Frau war wirklich klasse. Und ihr Punch war nicht von schlechten Eltern. Ich schaute auf das Namensschild. Sie hieß Emma Trovato. Womöglich Halbitalienerin und doch eine Schwester von Sophia Loren. Ihre Nase war gepudert, ihre Lachfältchen nicht. Durch das gewellte, nach hinten gelegte dunkle Haar zogen sich graue Strähnen. Gerade eben hatte ich noch das Kriegsbeil geschwungen, und jetzt war mir nach Gänseblümelein pflücken und Süßholz raspeln zumute.

– Starren Sie mich nicht so an.

Ihre Zurechtweisung kam genau in dem Moment, in dem ich mir vorgestellt hatte, wie schön es sein müsse, nach des Tages Müh und Plag das müde Haupt an einen so stattlichen Busen zu betten. Ihr derber Ton trieb den schnurrenden Kater in mir zurück und half mir, mich wieder auf meinen Auftrag zu besinnen.

– Wo sind die denn, die Firma, meine ich? Warum ist das Büro leer?

– Bei Ihren guten Beziehungen zum Chef dürfte es Ihnen nicht schwerfallen, das herauszubekommen.

– Bitte!

– Jemandem, der sich mit so verfehlten Sprüchen Zutritt zum Büro verschafft und jeden meiner Hinweise missachtet, gebe ich keine Auskünfte, nur dass das klar ist. Und jetzt lassen Sie mich in Ruhe, ich habe zu arbeiten.

Es dauerte unendlich lange, bis der Aufzug mit Ping! seine Ankunft kundtat. Dann kutschierte er das Arschloch vom Dienst ins Parterre hinunter. Parterre – das gab meinen Gemütszustand exakt wieder.

Unten ging ich noch ein wenig unschlüssig auf und ab und überlegte, ob noch etwas zu retten wäre. Ich schaute auf die Uhr. Halb fünf. Womöglich würde Emma Trovato als gute Arbeitnehmerin Punkt fünf hier unten ankommen, um in den Feierabend zu gehen. Ihr Zorn wäre womöglich verraucht. Ein zu freundlicher Aufgeräumtheit wiederhergestellter Gossec würde ihr deutlich machen, dass gerade bei Männern dem ersten Anschein zu misstrauen war.

Gedacht, getan! Ich setzte mich im Foyer in einen der dort bereitgestellten Ledersessel und schnappte mir ein paar Magazine, mit denen sich der Wartende auf das Geschäftsleben da oben einstimmen konnte. Alles, was den modernen Mann so interessiert, vom Waschbrettbauch über nackige Weiber bis zur beruflichen Vollgassituation, war hier in Hochglanz aufgeboten, und die Zeit verging wie im Flug.

Es pingte wieder, als der Aufzug unten ankam und ich aus meinem Hinterhalt Emma Trovato kommen sah. Allerdings war sie nicht allein. Ein graumelierter Edelmanager hielt sie am Arm und führte sie geradewegs aus dem Hochhaus. Das war's!

Ich war nicht sicher, ob im Konzept des Dalai-Lama neben dem Regen auch die Traufe vorgesehen ist. Jedenfalls war ich jetzt reif für einen Absturz und schleppte mich mitsamt meinem waidwunden Gemüt in Erikas Ausschank.

27

So ein brutalisierter Kater mit begleitender Haarwurzelentzündung hatte wenigstens ein Gutes: Im Badezimmer stellte sich der einmalige Effekt ein, dass die kultiviert gebändigte Naturkraft meiner Stimme das ganze Kabuff zum Vibrieren brachte. Das Geheimnis dieser seltenen Gabe war die Frequenz, die ich an gewissen Tagen mit meinem Organ erzeugen konnte. Nur dank des abendlichen Alkoholgenusses war ich morgens derart tief ins Basement herabgestimmt und verfügte über den abnormen Brummbass, mit dem mir die dazu notwendige außerordentliche Interpretation von »Wandering Star« gelang. Die erste Liedzeile »I was born …« erhob sich bullernd wie eine Propellerhummel aus den Tiefen eines dunklen Kohlenkellers, um dann mit dem »wandering star« wieder in jene Untiefen zurückzustürzen. Hielt man den Dumpfton lange genug auf dem »star«, konnte man mit den Fingerspitzen an Duschtüre, Regal und Wand die Vibration spüren.

Diese schöne Erfahrung konnte einen für die heftigen morgendlichen Schmerzen entschädigen.

Sicher wäre Emma Trovato dahingeschmolzen, wenn sie mich so hätte erleben können. Aber sie hatte es ja vorgezogen, sich mit diesem chefigen Dummbeutel zu vergnügen. Schon allein der Gedanke daran hätte mich wieder in den Alkohol treiben können. Bei solchen Anwandlungen tauchten schon wieder diese buddhistischen Vollmondgesichter auf und flüsterten lächelnd, dass die Welt zu groß sei, um sich wichtig zu nehmen. Aber darauf, dass das Leben zu kurz war, um es so mir nichts, dir nichts auf die leichte Schulter zu nehmen, darauf sind diese Klugscheißer noch nicht gekommen.

Ich setzte ein Viererkännchen Espresso auf und versuchte es mit der ersten Zigarette, um wieder ein paar PS unter die pochende Schädeldecke zu bekommen.

Danach rief ich draußen in Unterastbach an. Wie zu erwarten war, hatten die beiden Burschen beste Laune. Hinnerk hatte frische Brötchen besorgt, Julius Aufschnitt vom Landmetzger. Nun wollten sie frühstücken. Schon der bloße Gedanke an Zungenwurst, Presssack und Leberkäse schnürte mir den Hals zu.

Julius bestätigte mir, dass er da draußen schon wieder online war.

– Hör zu, was ich brauche, sind alle Daten über die International Business Development und die Global Real Estate. Wann gegründet? Wer ist der Geschäftsführer? Alles, was du so zusammenkratzen kannst.

Julius brummte zustimmend, hörte aber nicht auf, krachend in sein Brötchen zu beißen.

– Wie läuft es denn bei dir?

Ich gab ihm einen kurzen Bericht.

Wieder brummte er. Im Grunde genommen wollte er nur in Ruhe weiteressen.

– Ich brauche das alles so schnell wie möglich, Julius!

Er hustete, weil er sich verschluckt hatte.

– Gossec, eines noch: Onkel Tom, du weißt schon, der schwarze Gitarrist, wie heißt der denn mit richtigem Namen?

Onkel Tom hatte früher mit seinen Bands alle Münchner Clubs bespielt. Inzwischen war er zum Isarpenner geworden.

– Weiß nicht.

Julius schluckte.

– Wenn du das irgendwie rauskriegen könntest, Gossec.

– Was willst du denn mit diesem abgestürzten Typen?

– Musik machen. Ich kenne keinen, der an der Gitarre besser wäre.

– Du hast vielleicht Sorgen! Versprechen will ich dir nichts, aber wenn mir jemand über den Weg läuft … Und das Material, Julius das brauche ich jetzt, nicht bald oder morgen. Klar?

Julius brummte zustimmend und legte den Hörer auf.

28

Eine Stunde später hatte mir Julius Bericht erstattet. Danach war die Global Real Estate erst vor einem Jahr gegründet worden und besaß einige Immobilien in München. Sie gehörte zu hundert Prozent der International Business Development. Deren Geschäftsführer war für beide Firmen verantwortlich. Sein Name war Dr. Friedhelm Nüsslein. Ich hatte mir noch ein paar Hintergrundinfos notiert, welche Projekte die IBD bislang abgewickelt hatte, vor allem aber Telefonnummern, unter denen man die Firma erreichen konnte.

Das Risiko, noch einmal bei der schönen Emma aufzulaufen, wollte ich nicht eingehen. Ich rief Lilo an und weihte sie in meinen Plan ein. Sie musste mir helfen.

– Ganz einfach, Lilo. Ich bin freier Journalist, arbeite für eine Reihe von Blättern, wie *Handelsblatt*, *Spiegel*, *Focus*. Du bist meine Sekretärin und organisierst meine Termine. Ich möchte eine Serie über prominente Manager machen. Das ist eine Ehre, verstehst du? Also, du rufst einfach Dr. Nüsslein an und triffst eine Verabredung mit ihm. Ich besuche ihn für ein erstes Gespräch. Kriegst du das hin?

Lilo war beleidigt.

– Ob ich das hinkriege? Aber hallo! Was glaubst du, wie viele Termine ich schon in meinem Leben mit Männern gemacht habe.

– Stimmt auch wieder. Lilo, ich bin dir ewig dankbar, wenn du das hindrehst!

Sie lachte und versprach, sich sofort dahinterzuklemmen. Inzwischen war es Mittag geworden. Ich schloss den Laden und machte mich auf, eine Kleinigkeit zu essen. Eine erneute Schwangerschaft durch Kalbshaxe kam definitiv nicht in Frage. Buße würde mir eher guttun. Ich ging hinüber in den großen Biomarkt, der auch eine Imbissecke hatte.

Als ich meinen frisch gepressten Möhrensaft und die zwei Gemüsebratlinge bestellt hatte, wusste ich, dass der Besuch dieser Lokalität ein großer Fehler gewesen war. Die Atmosphäre und die Leute machten mich stockaggressiv. Hinter der Theke stand eine junge Indiofrau, vielleicht Peruanerin. Mit dieser *Fair Trade*-Moralkeule machten sie einen von Anfang an platt. Man sollte die Schnauze halten. Tatsache war jedoch, dass sie kaum ein Wort Deutsch sprach und nicht wusste, wie man Fertigbratlinge in der Mikrowelle aufwärmte und wie viele Möhren sie durch den Entsafter rauschen lassen durfte, um mir ja nicht zu viel zu servieren. Also lief sie mit dem viertel-, halb-, dreiviertelvollen Glas immer wieder zur Chefin an der Kasse, um zu fragen, ob das jetzt in Ordnung sei. Währenddessen stand ich mit meinen lauwarmen, strohtrockenen Bratlingen da und lechzte nach Flüssigkeit, die ein Mann mit

Kater dringend braucht, um solche Kost den Schlund hinunterzubekommen. An der Theke bildete sich eine lange Schlange. Das aber machte den Gutmenschen dort gar nichts aus, sie handelten sich durch das wie aufgenagelte Dauerlächeln lieber einen Muskelstarrkrampf ein, passten peinlich genau auf, dass sie sich nicht die Drahtkörbe ins Kreuz stießen. Und wenn Kinder dabei waren, führten sie kleine Unterhaltungsnummern auf, um zu zeigen, dass sie die Gute-Onkel-und-Tanten-Prüfung mit Auszeichnung bestanden hatten. Dann endlich kam die Chefin, um den Stau aufzulösen, und sagte Sätze wie: dass sie den Käse dort mit Blauschimmel super empfehlen könne, aber nur, wenn man Ziege mögen würde.

Dieser fortwährend aus allen Mäulern triefende Honigseim machte mich ganz krank. Dann passierte es: Eine junge Mutter betrat den Laden. Der Pullover unter ihrem Mantel war hochgeschoben und dort an ihrer Brust hing ein so gut wie neugeborenes Kind. Dieses Ensemble ist in einem Bioladen die absolute Killerapplikation. Alle Leute traten sofort beiseite und bildeten respektvolle Gassen. Das allgemeine Lächeln wurde zarter und verständnisinniger. Man sprach nur noch in homöopathisch gedämpften Sätzen. Auf leisen Sohlen schlich ich zur Kasse, entrichtete meinen Obolus, sprang wie der dicke fette Märchenpfannkuchen aus dem Laden und lief kantapper, kantapper die Lindwurmstraße hinunter. Was für eine Erleichterung, wenn man das brüllende Leben wieder um sich hatte.

Ich musste zu Hause nur kurz meinen Anrufbeantworter abhören, um festzustellen, dass Lilo alles für mich geregelt hatte. Ich hatte schon für heute Spätnachmittag einen Termin bei Dr. Nüsslein.

Da blieb also noch Zeit genug, mich in meine neue Rolle einzufühlen. Zunächst sondierte ich meinen Kostümfundus, den ich damals bei der Renovierung der Münchner Kammerspiele günstig übernommen hatte. Nach einigem Hin und Her entschied ich mich für die Mephisto-Ausstattung. Der Regisseur hatte Mephisto als schwarz gekleideten Existentialisten auftreten lassen. Nur die Taschen hatten rotes Futter. Dazu gab es spitze Schuhe und einen schwarzen Mantel mit Stehkragen wie eine Priestersoutane. Als Tüpfelchen auf dem i eine markante Brille mit schwarzem Gestell. Mit Fensterglas, versteht sich. Das war's!

29

Ich fuhr mit dem Bus zum Uptown Munich. Unterwegs hatte ich noch eine prächtige rote Rose besorgt. Sie duftete, darauf legte ich großen Wert, und hatte eine samtigen, gut gefüllten Blütenkelch. In den Tiefen meines schwarzen Mantelsacks steckte eine schlanke, geschliffene und goldverzierte Vase, die gut und gern als Jugendstil durchgehen konnte. Schon im Aufzug merkte ich, dass mir die Leute mit ausgesuchtem Respekt begegneten. Das war auch gut so, denn den Teufel bekam man nicht alle Tage zu Gesicht.

Etwas unsicher näherte ich mich Emma Trovatos Desk.

– Guten Tag, schöne Frau.

Ich deutete eine leichte Verbeugung an. Ihr Willkommenslächeln gefror zunehmend, während ich nähertrat. Misstrauisch musterte sie mich. Aus meinem Mantelsack beförderte ich die Vase zutage und steckte die Rose, die ich in der Hand gehalten hatte, hinein. Diese prächtige Kombination stellte ich auf die Rauchglasfläche neben ihren Bildschirm.

– Seien Sie versichert, sagte ich, dass ich meinen gestrigen unwürdigen Auftritt außerordentlich bedauere.

Immer noch schien sie unschlüssig. Dann aber fasste sie die Vase unten an und drehte sie ein wenig zur Seite. Angefasstes galt! Da wusste ich, dass ich sie gewonnen hatte.

– Wenn Sie so freundlich wären und Dr. Nüsslein verständigen würden. Wir haben eine Verabredung.

– Wen darf ich melden?

– Gossec, Mephisto Gossec.

Nun lächelte sie. Vielleicht wäre das schon der Moment gewesen, mit einer eleganten Flanke den Desk zu überwinden und ihre Hand zu nehmen. Aber in solchen Drangmomenten half mir die Erfahrung, dass Frauen, die ich wirklich wollte, reservierter waren und nicht sofort umkippten. Hätte sie mir also ihre Hand gegeben, wäre sie nicht die Richtige gewesen. Und diese Enttäuschung wollte ich definitiv nicht riskieren.

– Miriam, hier ist Emma, sagte sie. Besuch für Dr. Nüsslein. Herr Gossec.

Offenbar war der Bescheid positiv, jedenfalls schickte mir Emma eine Geste der Anerkennung über den Tisch. Bald darauf wurde die Glastür von einem zauberhaften Wesen geöffnet. Figurmäßig war sie die bestausgestattete Frau, die mir je begegnet war. Sie schritt so zielstrebig ausgreifend voran und ließ das kleine Schwarze wippen, als befände sie sich auf dem Catwalk. Man hatte reflexhaft den Drang, beiseite zu treten, um ihr Platz zu machen und den Raum nicht weiter optisch zu verpesten. Aber natürlich meinte sie mich mit ihrer ausgestreckten Hand.

– Guten Tag, Herr Gossec, ich bin Miriam, die – hihi – Office Managerin von Dr. Nüsslein. Bitte folgen Sie mir.

Mir war sofort klar, das ihr *hihi* ein Synonym für sogenannte war. Gönnerhaft schickte sie noch etwas zu Emma hinüber.

– Danke, Emma.

Dann ließ sie wieder das kleine Schwarze wippen, und ihr wohlgeformtes Hinterteil bedeutete mir *Follow me!* wie in Leuchtschrift. Man soll schöne Frauen nicht schnöden, Wohlgestalt ist ein Gottesgeschenk, aber die wenigen Worte waren ernüchternd gewesen. Vor allem der kurze Blick in ihr Gesicht. Es war so leer und so dumm wie Weißbrot. Noch nie war ein irgendwie geistiger Funke auf sie übergesprungen. Man konnte ihr zu Weihnachten allenfalls eine reichhaltig bebilderte Broschüre über die Buttermilchdiät schenken, das war es dann auch schon. Mir fiel so ein Typ auf die Nerven. Ich guckte mich noch mal nach Emma um, dann hatte uns das mit weichen grauen Läufern ausgelegte Büro der IBD geschluckt.

30

Obenherum war Dr. Nüsslein ganz der Künstler. Sein lockiggraues Haar reichte bis in den Nacken hinunter. Die Nickelbrille vervollständigte den Charakterkopf. Ein feinsinniger Dirigent, ein Schöngeist mit burschikosem Lächeln. Untenherum ließ sich studieren, wie ein Armani-Anzug auch bei einem Plumpsack Konturen zauberte, wo keine waren. Da kniff nichts, da warf das gute Tuch keine Falten, nicht einmal die Hose, wenn sie auf das hand- und rahmengenähte Schuhwerk aus Fohlenleder traf.

Die Audienz war eine große Ehre. Man spürte das Bedürfnis, niederzuknien und ihm den Geldfischerring zu küssen.

– *Spiegel*, *Focus* – wo soll es denn erscheinen?

– Bei so großer Nachfrage entscheidet ausschließlich das Höchstgebot, sagte ich. Wer sticht den anderen aus?

Nüsslein brach in ein schrilles, hysterisch hohes Gelächter aus.

– Möge der Markt entscheiden, was?

Diese Sprache verstand er, und ich kapierte sofort, wie es in diesem Nüsslein-Hirn zuging: Teufelskerl, dieser Gossec! Er entscheidet nach dem größeren Sack Geld. Das ist die gottverdammt unmissverständliche Sprache des Marktes, für den wir ja alle unseren Arsch hinhalten. Oder wie, oder was? Und wenn einer was auf oder im Kasten hat, ein komplettes Nüsslein-Interview wie dieser Gossec, dann kann man getrost das Maximale herausschlagen und die andere Seite nach seiner Pfeife tanzen lassen.

– Haben Sie schon meine Tombstones gesehen, Gossec?

Ich war etwas verwirrt. Mir kamen Rinderbarone, staubige Trails und Wyatt Earp in den Sinn. Das war falsch.

– Gebongt! Und anschließend zeigen Sie mir die Kerben in Ihrem Colt.

Das war fast richtig. Nüsslein lachte.

– Robuster Humor, was?

Er führte mich in den Besprechungsraum. Dort waren in einer Glasvitrine Objekte ausgestellt, Kunstharzplatten, in die – Insekten in Bernstein gleich – Requisiten wie Telefonhörer, Filmspulen oder auch Hamburger eingeschlossen waren. Alle waren mit einem Datum beschriftet. Ich verstand nur Bahnhof.

– Allein letztes Jahr zwei *done deals*, sagte Nüsslein. Hier die Telemobil, da die Cinepool.

– Und Ihr Job dabei?, fragte ich.

– Erst mal die Idee. Dann die Firma. Wir blasen das Ding auf. Wenn es dann abhebt: Exit!

– Warum denn das? Muss man denn immer aufhören, wenn es am schönsten ist?

– Warum? Es fliegt, soll sich immer höher schrauben. Und Luft, Herr Gossec, hat keine Balken.

Nüsslein lachte wieder sein hohes Lachen, das an meinen Nerven kratzte wie Fingernägel auf einer Schiefertafel.

– Wissen Sie was, Gossec. Sie sind mir sympathisch. Ich lade Sie zum Essen ein. Da redet es sich leichter.

Dr. Nüsslein wusste nicht, dass er mit seiner Einladung einen großen Fehler begangen hatte. Als Spesenritter bin ich unschlagbar skrupellos, wenn eine so große Kreditkarte wie bei ihm dahintersteht.

Er ging hinaus und erteilte Anweisungen. Miriam machte Anstalten, aufzustehen und mitzukommen.

– Nein, nein, hörte ich ihn sagen. Du bleibst hier, das ist Männersache.

Spätestens jetzt war mir klar, das die *Hihi-Office-Managerin* als *Hähä-Rasseferkel* ihren beruflichen Aufstieg geschafft hatte. Nüsslein erschien mit seinem Mantel über der Schulter. Er fasste mich unter und schob mich durch die Gänge hinaus. Leutselig winkte er zu Emma hin.

– Auch die Peripherie einer Firma sollte noch einen gewissen ästhetischen Standard haben, was Gossec?

Als er sich wegdrehte, warf ich Emma eine Kusshand zu. Sie ließ es lächelnd über sich ergehen. Da war noch alles drin mit uns, diese Sache war noch nicht verloren.

Auf Ping! hin verschwanden wir.

31

Von einem Gläschen Champagner halte ich wenig, ein Fläschchen ist mir lieber. Ich sagte Nüsslein, dass ich auch in Sachen Weinjournalismus nicht unbeschlagen sei, und ließ mir die Karte reichen. In Kneißls Vinothek war es nicht schwer, einen guten Tropfen zu finden. Das Gute ist zumeist teuer, deswegen orientierte ich mich der Einfachheit halber gleich in der Eurospalte, da konnte man eigentlich keinen Fehler machen. Nach dem Fläschchen Champagner und einem Satz Austern für jeden hatten wir einen edlen weißen Burgunder, denn der Schwertfisch brauche das feuchte Element, sagte ich. Nüsslein hatte bestimmt nicht vorgehabt, mit mir derartig zu pokulieren, aber nach meiner Bestellung regte sich dann doch der Geiz in ihm, und er goss sich ständig nach. An unser Entrecote mit Wirsingmousse wollte ich nur einen ausgereiften Barolo lassen. Ohne Sauternes konnte kein Dessert schmecken.

Zum Kaffee tranken wir einen Single Malt, der auch dem Keller eines Than von Glamis und Cawdor zur Ehre gereicht hätte.

Bis dahin hatte mir Nüsslein viel über sich, seine akademischen Diplome, seine gut gekämmten Kinder und die aufgebügelte Ehefrau erzählt. Diese ganzen Geschichten gingen mir am Arsch vorbei. Seine biografischen Täfelchen konnte er meißeln, wo er wollte, aber nicht bei mir. Die teuren Stöffchen, die ich trank, waren pures Schmerzensgeld. Als er auf die Toilette verschwand, sah ich, dass er schon ein wenig Schlagseite hatte. Das war der richtige Moment, endlich das Thema anzugehen.

Der Alkohol ist ein großer Vereinfacher. Endlich verstand ich, wie er seine Geschäfte machte. Die IBD war eine Gesellschaft, die *Venture Capital* platzierte. Die Firma war börsennotiert und hatte ordentlich Kohle im Kreuz.

– Wir können vor Kraft kaum gehen, prustete Nüsslein.

Nüsslein suchte oder gründete eine Firma mit einer aussichtsreichen Geschäftsidee. Diese Firma wurde dann mit dem überreichlich vorhandenen Kapital aufgepumpt, sodass sie aus dem Vollen schöpfen konnte. Mit diesem Schub war das neue Unternehmen automatisch ein *Big Player*, wie er sagte. Ziel der IBD war jedoch kein kontinuierliches Geschäft oder der Verbleib in einer bestimmten Branche, sondern der Verkauf des neuen Konstrukts, wenn sich am meisten Geld dafür erlösen ließ.

– Wir sind unersättliche Heuschrecken, wir fressen alles ratzekahl.

– Und die Global Real Estate?

– Na ja, Immobilien in München, da ist nach oben noch

viel Luft und Fantasie. Die Stadtverwaltung sitzt auf vielen Häusern, dazu kommt eine Fülle von Kleinbesitzern, jeder ein Häuschen. Also haben wir einen schicken Immobilienfonds für München gebildet. Das war aber mehr so eine vage Intuition, ins Schwarze trifft man erst, wenn man weiß, wo man hinschießen muss, verstehen Sie?

– Nur Bahnhof. Sie sprechen in Rätseln.

– Tue ich das?

Nüsslein strich sich mit einer eleganten Geste seine Mähne nach hinten.

– Nun, dann muss das wohl seinen Grund haben. Wer möchte sich schon gern in die Karten schauen lassen.

Ich hob das leere Glas. Der Kellner füllte uns noch einmal Whisky nach.

– Wissen Sie, Gossec. Man muss das Geschäft zuspitzen. Wir können ja nicht ganz München aufkaufen. Also besorgt man sich Informationen, wo es langgeht. Ein Betätigungsfeld. Das dauert, das kostet, aber wenn man es gefunden hat, ist man am Drücker.

– Und wann wird die Global Real Estate eine richtige Firma?

– Jetzt. Bis vor einiger Zeit war das Ding eine leere Hülle, ein Briefkopf, ein schwarzes Loch, in das wir Kohle ohne Ende versenkt haben. Nun aber steigt der Phönix aus der Asche.

Er redete wirre gequirlte Scheiße, aber ich verstand jedes Wort, denn schließlich hatte auch ich das Exposé studiert.

– Eine letzte Frage, Herr Dr. Nüsslein: Werden Sie denn Geschäftsführer von GRE bleiben?

– Ich? Kein Interesse. Wir haben da einen guten Mann im

Auge. Einen Fachmann, der sein Handwerk im Wirtschaftsministerium von der Pike auf gelernt hat. Mehr sage ich dazu nicht. Lassen Sie sich überraschen!

Musste er auch nicht. Mir stand nun alles klar vor Augen.

32

Am nächsten Morgen brachte ich spielend das Vibrationswunder in meinem Badezimmer zustande. Allerdings war mir nach dem Edelstoff von gestern Abend wesentlich wohler. Da war kein bohrender Schmerz, kein Pieksen oder Hämmern, da war nur das flauschig-entrückte Gefühl, dass das Hirn wie ein Sülzkotelett von einer schützenden Gallertmasse ummantelt wurde, durch die jeder Reiz erst mal durchflutschen musste, bevor da oben etwas klingelte.

Wenn man so über alles nachdachte, musste man den Baulöwen gegenüber historische Wiedergutmachung leisten. Natürlich waren sie Halsabschneider und Arschlöcher. Hatte man aber Dr. Nüsslein und Konsorten vor sich, musste man zugeben, dass die Erinnerung an Arnulf Ebenteuer selig vom Glanz der guten alten Zeit vergoldet wurde. Die Kerle vom alten Schlag wollten etwas zum Anfassen haben und mit eigener Hand über ihren Beton streichen. Was sie einmal besaßen, wollten sie nicht mehr herausrücken, es sei denn mit Gewalt. Gerade diese patriarchalische Arschlochhaftigkeit veredelte Ebenteuer und Genossen zu Kantschädeln, die einen würdigen Platz in der Ruhmeshalle verdient gehabt hätten. Die ganze Verkehrtheit dieser modernen Welt ließ sich ja schon daran ablesen, dass diese Nüssleins höchstens kurzzeitig und nicht des Bieres wegen Brauereibesitzer bleiben wollten, wenn sie eine solche Quelle erworben hatten. Damit war das bayerische Unternehmertum in seiner gesunden, kraftvollen Form praktisch zu Grabe getragen.

Ich braute mir einen Kaffee. Das Geplänkel war vorbei, jetzt musste zugeschlagen werden. Die Vorstellung, die ich vom weiteren Vorgehen hatte, war so gerade wie ein gespanntes Seil. Allerdings musste ich selbst darauf tanzen, und zwar ohne Netz.

Als Erstes rief ich Emma an. Da fürchtete man weder Tod noch Teufel, balgte sich mit Ochsen und Mongolen, aber bei ihr hatte ich Herzklopfen bis zum Hals.

– Guten Morgen, International Business Development, Trovato, was kann ich für Sie tun?

– Mephisto Gossec, guten Morgen.

Ich hatte dieses eklige Gefühl, statt mit männlich sonorer Stimme nur in schmatzenden Geräuschen absolut trockener Mundschleimhäute zu sprechen.

– Was gibt's?, fragte sie.

Das war alles andere als ermutigend.

– Ich würde mich gerne mit Ihnen verabreden.

Am anderen Ende war Schweigen.

– Ich glaube, ich möchte das nicht.

– Vorschlag zur Güte: Ich habe zwei Probleme. Ich müsste unbedingt ein paar Informationen von Ihnen bekommen, die mir bei meinen Recherchen weiterhelfen würden. Rein geschäftlicher Natur. Das andere ist, dass ich Sie natürlich liebend gerne angraben würde. Weil Sie mir gefallen. Aber ich kann das gut trennen und würde mich auf das Erstere beschränken. Heiliges Ehrenwort.

Ich hörte ein Schnaufen. Sie atmete unter der Last einer schwierigen Entscheidung.

– Also gut. Rein geschäftlich. Kommen Sie heute um achtzehn Uhr ins Café Glockenspiel. Vom Marienplatz bekomme ich jederzeit meine S-Bahn.

– Gebongt. Vielen Dank.

Wir legten auf. Ich gestattete mir einen Schrei, wie ihn der bayerische Knecht beim Holzfällen ausstößt. Das klang zwar so kehlig massiv wie bei einem Haflinger-Bräuross, tat aber unheimlich gut.

Als Nächstes rief ich Julius an. Ich sagte, dass ich am Nachmittag nach Unterastbach kommen würde. Es gebe etwas zu besprechen. Julius war das alles egal, er wollte nur wissen, ob ich den Namen von Onkel Tom rausgekriegt hätte. Ich kapierte, dass ich noch ein Gastgeschenk mitbringen musste, wenn ich mich mit meinen Forderungen durchsetzen wollte.

33

Ich nahm gleich den Bus. Bei Ben holte ich das Exposé aus dem Spind. Mit dem Wagen weiter in die Innenstadt zum Viktualienmarkt zu fahren, war zwar purer Wahnsinn, aber ich hatte keine Zeit zu verlieren. Glücklicherweise fand ich vor der Schrannenhalle einen halb legalen Parkplatz. Der schnellste Weg, den ich nehmen konnte, war quer durch die Schranne. Dabei handelt es sich um ein Glasmonstrum, architektonisch so einfallsreich wie ein Gewächshaus. Die historischen Säulen und Verstrebungen, deretwegen die Halle wiederaufgebaut wurde, sind praktisch unsichtbar. Man hätte sie genauso gut für immer im Beton des Fundaments versenken können. Mit seinen Büdchen innen strahlt dieses Jodelpuff den Charme einer Messehalle aus.

Nach der Durchquerung stand ich am Markt und fragte gleich am ersten Stand nach dem Vierthaler Lenz. Er sei drüben bei der Suppenküche, hieß es. Lorenz Vierthaler vermittelte Auswärtigen eine anschauliche Vorstellung davon, wie der bayerische Eingeborene aussah, als er von den Bäumen und Anhöhen des Böhmerwaldes herabgestiegen war, um sich in die Schotterebene des Voralpenlandes zu wagen. Vierthalers wettergegerbtes Gesicht verriet, dass er fast ganzjährig in den Isarauen lebte. Mit seinem schlohweißen, schulterlangen Haar und dem buschigen Vollbart konnte man ihm bei den Oberammergauer Passionsspielen eine tragende Rolle zuweisen. Der kugelrunde, feste Bauch wurde von einem selbst gestrickten, grauen Janker umschlossen. In der kalten Jahreszeit wie jetzt trug er Bundlederhosen und dicke Wollstrümpfe und Haferlschuhe. Stellte man sich die Obdachlosen und Versprengten als Horde vor, war Vierthaler ihr unangefochtener Häuptling. Noch dazu hatte der Naturbursche den Vorteil, dass einige Frauen seinen rustikalen Reiz zu schätzen wussten. Immer bekam er etwas zugesteckt. Naturalien verzehrte er an Ort und Stelle, gerne auch mal ein Glas Honig, von dem er sich gleich eine gute Portion in den Rachen goss. Seine Habseligkeiten hatte er in Tüten und Taschen an sein Rad gehängt.

– Servus, Vierthaler.
– Servus, Gossec.
Erdferkel wie wir kannten sich einfach.
– Onkel Tom, wo steckt der denn?
– Der arbeitet. In der Küche beim Braunwirt drüben.
– Und wie heißt er mit richtigem Namen?
– Krockenbach.
– Ich denke, er ist Amerikaner?
– Du kannst es ja mal amerikanisch aussprechen.

Vierthaler freute sich. Ich steckte ihm einen Zehner zu und machte mich wieder auf den Weg.

34

Draußen in Unterastbach übergab ich Julius zu allererst die Daten von Onkel Tom, dass so weit Friede war. Dann legte ich das Exposé auf den Tisch. Hinnerk griff danach und blätterte darin herum.

– Was ist denn das?

Ich gab ihnen eine kurze Erklärung.

– Jetzt bist du dran, Julius!

Er zog den Kopf ein.

– Bist du elektronisch noch so fit, dass du dich beim Ministerium reinhacken könntest?

Julius ließ seine Gelenke knacken.

– Das schaffst du heute nicht mehr. Die haben alles total dicht gemacht.

– Du sollst ja keine spektakulären Einbrüche veranstalten. Alles, was ich brauche, ist dieses Exposé als wunderschöne PDF-Datei über die Website des Wirtschaftminsteriums als Download anzubieten. Frei für jeden, der das Ding lesen will.

Julius runzelte die Stirn.

– Jede Menge Arbeit. Man kann es ja probieren. Aber was soll das?

– Damit schießen wir die Global Real Estate endgültig ab. Das kannst du mir glauben.

– Hat das eigentlich noch irgendwas mit mir und meinem Büro zu tun, oder spielst du jetzt nur noch auf eigene Faust den Rächer der Enterbten?

– Gute Frage. Oben am Ratzinger Platz haben sie Mongolen-Adi erschossen. In Uptown Munich sitzt eine Firma, die Geld ohne Ende aus der Schlachthofspekulation ziehen will. Irgendwo dazwischen sitzt du mit deiner Klitsche als kleiner Kollateralschaden. Aber ich verspreche dir, Julius, dass ich das auch noch hinkriege.

Julius kratzte sich zweifelnd am Kinn.

– Hör mal zu, du Schlaffsack, schrie ich. Wegen dir sitze ich in dieser Scheiße drin. Da ist es doch wohl nicht zu viel verlangt, wenn du dich auch mal für andere reinhängst. Wo sind wir denn? Wie sähst du aus, wenn alle so reagieren würden wie du?

Ich war aufgesprungen. Julius streckte die Arme aus, um mich abwehren zu können.

– Lass ihn in Ruhe, sagte Hinnerk.

– Okay. Ich häng mich rein, versprach Julius.

– Gut, sagte ich. Selbst wenn ihr von mir nichts mehr hört, stellt das in zwei Tagen online.

– Und du, fragte Hinnerk.
– Mach das Pack fix und fertig oder lande im Knast.
– Geht's auch mal eine Nummer kleiner bei dir?
– Für Defätismus habe ich kein Ohr.
Ich schwang mich in meinen Bus und fuhr zurück.

35

Ich hatte noch genug Zeit, mich in aller Ruhe warm und kalt abzubrausen und in frische Wäsche zu packen. Man wollte ja einen guten Eindruck machen. Da ich zu Fuß zum Marienplatz hinüberging, nutzte ich die Gelegenheit, mich in Münchens feinster Parfümerie mit dem definitiv teuersten Herrenduft einzusprühen, den sie in einem Probierfläschchen bereitgestellt hatten. Eigentlich konnte nichts mehr schief gehen.

Wie immer, wenn ich nervös war, kam ich deutlich zu früh an. Alkohol verbot ich mir im Café oben strikt, weil ich Emma nicht mit einer Bierfahne gegenübersitzen wollte. Ich bestellte einen Espresso. Damit vergab man sich nichts. Auf dieser Basis konnte man gut weitermachen oder auf anderes überwechseln.

Emma betrat das Café. Ich schoss leider etwas tölpelhaft vom Stuhl hoch, bekam ihn aber gerade noch vor dem Umkippen zu fassen. Emma bestellte Milchkaffee und Streuselkuchen. Die Kuchenpalette war groß, aber eine Art voralzheimerscher Gehirnfraß lähmte den Stirnlappen da oben so vollständig, dass von der Zentrale aus keine Entscheidung mehr über Erdbeer-, Zwetschgen-, Prinzregenten- oder sonstige Kuchen durchgegeben werden konnte. Immerhin gelang mir der schöne Satz, dass ich genau dasselbe auch gerne hätte.

– Sind Sie nervös?, fragte Emma.

– Ehrlich gesagt, ja.

Damit war viel Eis gebrochen. Ich riss mich am Riemen, um hier keine Mitleid erregende Sabbernummer hinzulegen, und erzählte ihr von meiner Geschichte das, was sie wissen musste, um mein Interesse an ihren Informationen zu verstehen. Allerdings bot ich ihr das Du an, das sie ohne Zögern annahm.

– Mir wäre sehr geholfen, wenn du mir einen Hinweis geben könntest, wer da in die Geschäftsführung der GRE kommen soll. Das ist der Knackpunkt.

– Da erwartest du ja viel von mir. Die da hinzuhängen. Und wenn das nun die Firma wäre, bei der ich angestellt bin?

– Bist du das denn nicht?

– Nein. Sie haben mich über eine Zeitarbeitsfirma engagiert. Das ist limitiert. In zwei Monaten bin ich dort wieder weg. Gott sei Dank!

– Inwiefern?

– Jeder beharkt jeden. Vor allem die Frauen.

Sie dachte nach, wer als Kandidat für die Geschäftsführung in Frage kam. Einen zwingenden Hinweis konnte sie nicht geben. So behalfen wir uns damit, dass sie mir kurz schilderte, wen Dr. Nüsslein in den letzten Wochen bevorzugt getroffen hatte. Das waren alle möglichen Typen, aber keiner, den ich vor Augen hatte. Endlich grub sie die entscheidende Information aus.

– Da war noch so ein möpselnder Mensch.

– Möpselnd?

– Na ja. Geruchsmäßig, verstehst du?

Sie hielt die Nase hoch und schnüffelte ein wenig. Erschrocken roch ich an mir.

– Ich etwa auch? Nicht gut?

– Gut schon, nur bisschen viel.

Lebensprinzipien ließen sich nicht so schnell über den Haufen werfen. Viel hilft viel, anders hatte ich das nie kennengelernt.

– Aber noch mal zu dem möpselnden Menschen.

Ich beschrieb ihr Traublinger ausführlich. Sicherheitshalber auch Hirschböck. Aber der Treffer war ganz klar bei Traublinger. Er kungelte offenbar mit Dr. Nüsslein.

Ich bezahlte und brachte Emma hinunter zur S-Bahn. Ich widerstand dem Bedürfnis, sie anzutatschen, und verhielt mich formvollendet wie Graf Harry.

– Sehen wir uns wieder?, fragte ich sie.

– Bring du erst mal deine Geschichten in Ordnung. Dann kannst du dich melden.

Beschwingt ging ich nach Hause zurück.

36

Es war noch nicht zu spät, Lilo anzurufen.

– Lilo, du musst noch mal ran!

Sie lachte.

– Stopp, stopp! Erst mal kurz erzählen, wie es bei dem Termin lief.

– Hätte nicht besser gehen können.

Ich gab ihr einen kurzen Bericht.

– Und worum geht es jetzt?

– Du musst beim Wirtschaftsministerium anrufen.

Sie schluckte.

– Wer bin ich diesmal?

– Wir sind die Helios Immobilien AG. Du musst dich mit viel Frechheit zum Büro des Staatssekretärs durchtelefonieren. Traublinger ist einer seiner Assistenten. Den verlangst du. Du sagst ihm, es sei uns gelungen, die Geschäftsidee der Global Real Estate zu kopieren. Ob man sich da mal treffen könnte, um sich genauer darüber zu unterhalten.

– Und was soll das heißen?, fragte Lilo.

– Lilo, es ist besser, wenn du das nicht weißt.

– Und dann, wenn es klappt? Soll ich einen Termin ausmachen?

– Nein, du lässt dir die Handynummer von Traublinger geben und sagst, dein Chef würde sich bei ihm persönlich melden.

Lilo schnaufte.

– Lilo, hör zu. Vielleicht ist das nicht mehr nachvollziehbar, weil das Ding für mich ein totaler Selbstläufer geworden ist. Klar, ich will Julius aus der Patsche helfen. Aber was dabei sicher rumkommt, wenn ich das heil überstehe, ist, wer Adi auf dem Gewissen hat. Okay?

– Gut, ich mache es. Gleich morgen.

37

Bereits um zehn Uhr ging ich ins Bett und verbrachte eine angenehm ruhige Nacht. Ich schlief so lange, dass sämtliche Alkoholexzesse der letzten Zeit vergeben und vergessen waren. Anderntags konnte ich nichts weiter tun, als warten. Ich räumte meinen Laden auf und feilte an der Dekoration. Mit einem Ohr war ich immer beim Telefon. Endlich klingelte es. Lilo war am Apparat.

– Puh, was für eine Type.

– Hast du es geschafft?

– Ja, hier ist die Nummer.

Ich notierte mir Traublingers Handynummer. Jetzt ging es los.

– Gossec, viel Glück!

Ich nahm ihren guten Wunsch gerne an. Dazu stellte ich ihr eine Einladung in Aussicht. Lilo hatte sich für mich ins Zeug gelegt, wie man das normalerweise nur für alte Freunde tut.

Ich rief gleich bei Traublinger an, benutzte aber das Handy und drehte das Radio auf. Er sollte meine Stimme nicht identifizieren können. So gut kannte er mich zwar nicht, aber das Risiko, dass er mir den Laden eintrat, wollte ich nicht eingehen.

– Was ist? Haben Sie das Exposé?, schrie er.

– Pscht!

Ich sagte ihm, er solle heute Abend Punkt neun Uhr in einen Hinterhof kommen, den er von der Thalkirchner Straße aus erreichen könne. Dort würde ich ihn erwarten. Schließlich nannte ich ihm noch die genaue Adresse, dann legte ich gleich auf.

Ich hatte lange darüber nachgedacht, welchen Treffpunkt ich nennen sollte, und war dann auf diesen Hinterhof gekommen. Wenn man ihn von der Thalkirchner Straße aus betrat, musste man einen gepflasterten Weg entlang, der mit Bewegungsmeldern ausgestattet war. Ich konnte also perfekt kontrollieren, ob Traublinger unbewaffnet und ohne Begleitung war. Ich würde von der anderen Seite, der Maistraße aus, in den Hof gehen. Man erreichte ihn über einen Hausgang mit Hintertür. Das Haus war entkernt worden und wurde gerade renoviert. Man hatte ein Gerüst hochgezogen und es zum Schutz der Umbewohner mit Sackleinen zugehängt. Den so verdeckten Durchgang benutzten sonst nur die Bauarbeiter. Dieses Schlupfloch schien mir auch als Fluchtweg geeignet.

Ansonsten blieb ich bei meinem beschaulichen Tag. Putzte das Silber, polierte Schwerter und andere Metallgegenstände, saugte den Laden durch, bohrte und spachtelte. Wenn man erst mal angefangen hatte, kam eins zum anderen, man musste nur der Richtung folgen, die die Gegenstände wiesen. Diese friedliche Eintönigkeit machte mich ganz ruhig. Mittags ging ich hinüber zu meinem Freund und Lieblingskalabresen Sabatino. Mit seiner Pasta lag man nie falsch. Früher hatte ich noch hin und wieder aus Solidarität einen Kollegen von ihm in der Thalkirchner Straße aufgesucht, der wegen Sabatinos Beliebtheit unter akutem Publikumsmangel litt. Dieser melancholische Mensch kochte eigentlich hervorragend, wurde jedoch in seinem leeren Lokal von Woche zu Woche trauriger. Meine Sozialrunden bei ihm fanden ein jähes Ende, als ich ihn mit seiner Sackkarre beim Discounter erwischte. Billig-Bio mochte ja noch angehen, aber die Kiste mit Gnocchi auf seiner Karre konnte er bei mir nie wieder gutmachen.

Endlich kam der Abend. Ich zog meine schwarze Lederjacke an, stülpte mir eine ebenfalls schwarze Strickmütze über und vergaß nicht, mir den Totschläger in den Hosenbund zu stecken. Ich war gerüstet und zog los.

Auf der Straße kam mir, angeführt von ein paar Erzieherinnen, eine Gruppe von Kindern mit Kerzen und Lampions entgegen. Heute Abend war Martinsumzug. Wie Tönnchen steckten sie in ihren Thermofutteralen, auf dem Kopf saß, zumeist verrutscht, eine bunte Till-Eulenspiegel-Mütze, wie sie Mütter ihren Kleinen inzwischen so gerne verpassen. Der Gesang war längst in ein ausgelassenes Schreien und Lachen übergegangen, aus dem hin und wieder noch etwas aufblitzte, wie »Laterne, Laterne, Sonne Mond und Sterne«. Ein Nachzügler schleifte seine Laterne am Boden hinter sich her. Sie war ausgegangen. Die Mundwinkel in seinem kältegeröteten Rotznasengesicht hingen ebenso weit nach unten, wie die seines Lampionmondes nach oben gezogen waren. Dieser Knabe brauchte Hilfe.

– Gib mal her.

Er reckte seinen Lampion hoch. Ich friemelte ihm die Kerzenhalterung zurecht, bog die Drähte gerade und zündete die Kerze wieder an. Alles war in Ordnung, nur dass er den Anschluss an seine Gruppe verloren hatte. Ich stieß auf zwei Fingern einen gellenden Pfiff aus, die Erzieherinnen hielten an und drehten sich um.

– Ab die Post, sagte ich. Aber Vorsicht jetzt.

Er trug seinen Mond am Stöckchen vor sich her und vollbrachte das Koordinationswunder, geradeaus zu gehen und dabei unverwandt seine Laterne anzugucken.

38

Ich bezog meinen Posten auf dem Gerüst. Von dort aus hatte ich einen guten Überblick, wer von der anderen Seite den Weg entlangkam. Gegen neun Uhr hörte ich von der Einfahrt her Schritte. In der Dunkelheit war nur eine massige Gestalt auszumachen, doch dann ließ der Bewegungsmelder die beiden Scheinwerfer aufflammen. Es war Traublinger. Er hatte einen Hut tief ins Gesicht gezogen und trug einen weiten Trenchcoat. Erschrocken durch das plötzlich Licht blieb er stehen. Ich musterte ihn genau und konnte keine Waffe in seiner Hand erkennen.

– Die Hände hoch und gerade aus weiter, rief ich ihm zu.

Er gehorchte, nahm die Hände hoch und ging vorsichtig, Schritt für Schritt setzend, weiter. Als er vor mir am Gerüst angekommen war, sprang ich hinunter. Ich landete direkt vor seinen Füßen.

– Gossec. Das hätte ich mir denken können, dass Sie da Ihre schmutzigen Pratzen drin haben.

– Schnauze.

Ich tastete seine Brust- und Seitentaschen ab. Er schien sauber, ich konnte keine Waffe erspüren. Vorsichtshalber beugte ich mich hinunter, um seine Hosenbeine zu überprüfen. Pistole oder Messer ließen sich dort gut verstauen.

Meine Hockstellung war ein großer Fehler. Wie es zuging, war nicht auszumachen, ich konnte es mir später nur zusammenreimen: Er musste in seinen weiten Ärmeln eine Drahtschlinge verborgen gehalten haben, die er mir behände über den Kopf warf und zuzog. Wie einen Hasen in der Falle zerrte er mich nach hinten zum sackverkleideten Gerüst.

Allein die Schmerzen raubten mir fast die Sinne. Es fühlte sich an, als läge mein Hals in einer kreisförmigen Säge, die meine Haut zerschnitt. Zugleich wurde mein Schlund zugedrückt. Alle Luft war abgeschnürt. Ich geriet in helle Panik. Unter dem anhaltenden Druck schien mein Schädel aufzuquellen, wie rasch wachsende Blasen wurden die Augen aus den Höhlen gedrückt. Sie würden meinem Empfinden nach gleich platzen. Ich zappelte in Krämpfen und schlug um mich.

Dann zog Finsternis über mich, als wäre ich als Ertrinkender am Grund eines Sees angelangt. Ganz hinten ging ein grinsender Mondlampion mit Eulenspiegelmütze auf. Auf ihm ritt ein Peterchen. Sein Hals war wie in zwei Daunenwulsten aufgeworfen, dazwischen ein roter Striemen.

– Hey, Gossec, schrie er, dieses scheißschöne Leben ist vorbei.

Dann spürte ich unter dem Seegras im Schlamm des Grundes etwas massiv Hartes, das ich zu fassen bekam. Ein Stein. Mit dem verbliebenen Rest an Kraft und Bewusstsein warf ich ihn hinter mich.

Urplötzlich ließ der Druck nach, ich bekam wieder Luft. Wasserfallartig rauschte das Blut aus meinem Kopf nach unten, die Augen schienen sich wieder in ihre Höhlen zurückzuziehen. Ich hörte ein Krachen wie von splitterndem Holz, später verstand ich, dass es Traublingers Rippen gewesen sein mussten. Er schrie auf.

Benommen rappelte ich mich hoch, taumelte aber hin und her. Durch einen Nebelschleier hindurch sah ich, wie Traublinger zusammengekrümmt am Gerüst lehnte. Ich tastete nach meinem Totschläger, zerrte ihn heraus und schlug in die

Richtung, in der der Kerl stand. Ob ich ihn getroffen hatte, war nicht mit Sicherheit zu sagen.

Klarer wurde ich erst wieder, als die Scheinwerfer erneut aufflammten. Ich sah den bucklig nach vorne gebeugten massigen Mann zum Hoftor stolpern. Mehr wollte ich im Moment gar nicht wissen, ich war einfach erleichtert und nahm den Weg in die andere Richtung. Es war besser, weiter am Leben zu bleiben, als die Verfolgung aufzunehmen.

39

Wie ein Betrunkener torkelte ich zu meinem Laden. Schon als ich kurz davor war, begann mein Puls zu fliegen. Panik kam wieder hoch. Der Normalbetrieb, der oben in meine Birne allmählich einzukehren begann, ließ mich nicht nur meine Schmerzen heftiger spüren, er machte mir auch glasklar, dass ich in meinen vier Wänden nicht sicher war. Traublinger war so gefährlich wie eine Granate, deren Zünder bereits scharf gemacht war. Sobald er wieder halbwegs bei Sinnen und Kräften war, würde er versuchen, mir den Hals erneut umzudrehen. Ich musste die Nacht außerhalb verbringen. Aber wo?

Zunächst einmal verrammelte ich meine Bude, zog den Rollladen vor dem Schaufenster herunter und machte alle Läden dicht. Dann kramte ich meinen Schlafsack hervor, holte eine Flasche Schnaps aus meinem Notvorrat und bestieg meinen Bus. Etwas Besseres, als mir einen ruhigen Parkplatz zu suchen, um mich nach hinten auf die Ladefläche schlafen zu legen, fiel mir nicht ein. Im Rückspiegel sah ich den blutigen Ring um meinen Hals. Geschwollen rot, Hautfetzen und dazwischen die leicht verkrustete Schnittlinie.

Ich hatte in meinem Leben schon genug Scheiße gebaut, aber das hier war kein Pfadfinderabenteuer mit der Mutprobe, allein draußen im Freien zu übernachten. Es wäre wohl am besten, wenn ich zunächst eine Ambulanz aufsuchte, um mich verarzten zu lassen.

Weit muss unsereiner nicht fahren, das Klinikviertel befindet sich direkt auf der anderen Seite der Lindwurmstraße. Ich tippte auf die Chirurgie, bei der ich einzuchecken hatte.

Ein junger, schüchterner Arzt nahm mich in Empfang. Ich sagte, ich sei durch die Fensterscheibe geflogen und hätte versucht, den Kopf dann wieder herauszuziehen. Das sei gründlich schiefgegangen. Er lächelte mich verständnisvoll an. Dann pinselte, salbte und verband er so geschickt und gefühlvoll, dass ich alle Schmähungen widerrief, die ich je gegen Ärzte und insbesondere ihre jungen Kollegen ausgestoßen hatte. Seine anteilnehmende Wärme tat mir so gut, dass ich mich aufgerufen fühlte, seine Besorgnis zu dämpfen.

– Manchmal bietet das Leben schmerzhafte Überraschungen, sagte ich. Aber einen alten Kämpfer haut das nicht dauerhaft um.

Er tätschelte meine Hand, als sei ich seine Erbtante.

– Ein wichtiger Gedanke! Aufgeben darf man nie, das sollten Sie sich merken. Wenn die Nacht am tiefsten ist, ist der morgendliche Schimmer eines neuen Tages schon sehr nahegerückt.

Viele Ärzte schreiben Gedichte, chronisch kunstsinnig sind sie ohnehin. Aber bei ihm hatte man das Gefühl, an einen jungen Kaplan geraten zu sein. Womöglich hatte er eine Zusatzausbildung in diakonischer Betreuung absolviert. Heutzutage wird hypnotisiert, akupunktiert, gependelt – das ist billig und macht den Patienten glücklich.

Er ließ nicht nach, und wir bogen nach und nach in eine seltsame therapeutische Interaktion ein. Er fragte nach meiner Familie, meinem Job, meiner Freundin. Oder wo es denn sonst hake?

– Man muss jeden Kelch bis zur Neige leeren, auch wenn das verdammt schwerfällt. Der Mensch darf nie verzweifeln.

Manche offenbarten ungewöhnliche Passionen. Sein Hobby war eben die pastorale Seelenkunde. Sollte er nur, ich wollte mich da nicht weiter einmischen. Auch ein gemeinsames Abendgebet würde ich ihm nicht vorschlagen, denn ich wusste die ruhigen und sicheren Griffe an mir sehr zu schätzen. Nachdem alles so weit fertiggestellt war, erhob ich mich, bedankte mich und reichte ihm die Hand. Da huschte er hinter seinen Schreibtisch, machte ein Zeichen, dass ich mich noch einmal kurz setzen solle, und telefonierte. Offenbar kam er nicht durch.

– Tja, sagte er, die Kollegen sind nicht erreichbar. Da haben wir ein Problem.

– Dann wünsche ich viel Glück und weiterhin gute Verrichtung.

Wieselflink sprang er auf und stellte sich vor die Tür. Die Geste war klar, nur über seine Leiche durfte ich die Ambulanz verlassen.

– Herr Gossec, hören Sie mir zu. Ich darf Sie nicht gehen lassen. Eine weitere Suizidgefährdung ist bei Ihnen nicht auszuschließen.

Das war es also. Er hatte mir meine Geschichte nicht abgekauft und war davon ausgegangen, dass ich mehr schlecht als recht versucht hatte, mich aufzuhängen. Das Leben war manchmal saukomisch. Wo ich mich doch an dieses scheißschöne Leben, wie es mir das Peterchen auf dem Lampion zugerufen hatte, mit aller Macht geklammert hatte.

– Sie irren, Herr Doktor. Aber gestritten habe ich heute schon genug. Was machen wir jetzt?

– Sie legen sich hier auf der Station in ein frisch bereitetes Bett. Und morgen reden wir noch mal drüber.

Genau genommen war dieser Vorschlag ein Volltreffer. Besser konnte ich es im Moment gar nicht erwischen.

– Nur unter Protest, ist das klar?

Der junge Weißkittel nickte. Dann führte er mich zu meiner Schlafstelle. Am Komfort gab es nichts auszusetzen, wenn man den Fond meines kalten Wagens in Betracht zog.

– Ein leichtes Schmerzmittel?, fragte er.

Ich nickte und fügte mich. Man soll nicht bedingungslos den Helden spielen. Nur der Indianer kennt keinen Schmerz, der weiße Mann wohl. Als er mir die Spritze in die Armbeuge jagte, merkte ich schon, dass das Ding mindestens ein Kombipräparat war, dessen wesentliche Bestandteile mich schlagartig sedierten. Auch das war für einen, der wie ich mit dem Buddhismus sympathisierte, ein wirklich schöner Zustand. Federleicht, fast willenlos glitt man auf flüchtigen, genau genommen immer unerheblicheren Gedanken dahin. Flügelein hatten sie und süße Popöchen, wie sie so dahinschwebten, und alle waren sie sehr sympathisch, diese liebreizenden Geschöpfe meiner Innenwelt.

40

Am nächsten Morgen Punkt sechs Uhr kam Schwester Gabi, um meine Temperatur zu nehmen. Ich sagte ihr, dass ich schon so gut wie weg sei. Egal, meinte sie, jetzt sei ich ja noch hier und könne daher messen. Für sie! Dabei machte sie mit ihren Patschhändchen *bitte! bitte!* Eine gut ausgebildete Kraft wie sie schaffte es in Minuten, auch einen erwachsenen Gewalttäter wieder zum folgsamen Knäblein zu machen. Sie deutete noch mit dem Finger in ihren halb geöffneten Mund. Dieser Hinweis war wichtig, denn sonst hätte ich das Thermometer hinten unten reingesteckt. Das war alte Schule, so sind wir groß geworden.

Ich stemmte mich aus dem Bett und stellte mich vor den Spiegel. Waschbären sind possierliche Gesellen mit ihrem hellen Fell und der schwarzen Gesichtsmaske. In Blaurot sah das aber ziemlich beschissen aus. Bei meinen heftigen Hämatomen erwies es sich zumindest optisch als vorteilhaft, dass mein Hals verbunden war.

Dann kam Schwester Susi und wollte mein Bett machen. Dass ich so gut wie weg sei, war auch ihr egal, jetzt sei ich ja noch hier und deshalb mache sie gerne mein Bett. Schließlich brachte Schwester Moni das Frühstück. Einen Espresso und ein Hörnchen nachzubestellen, hatte keinen Sinn. Im Keller der Klinik war trotz jahrzehntelangen aufopferungsvollen Verzehrs noch tonnenweise Aprikosenmarmelade gebunkert, und die musste ja mal allegemacht werden. Also drückte ich rein, was mir hingestellt worden war, und begann auszuchecken.

Mit wehenden Kittelschößen kam Professor Grollmann

angelaufen. Sein Atem hatte noch mehr Restkoffein als die ganze Tasse Muckefuck von vorhin.

– Sie bleiben!

– Warum?

– Sie haben sich gestern Abend selbst eingeliefert und sind nach wie vor suizidgefährdet. Wir sind gesetzlich verpflichtet und befugt, Sie in Verwahrung zu halten.

– Irrtum! Ich bin in die Chirurgie, um meine Wunden versorgen zu lassen.

– Die Sie sich durch den Versuch, sich selbst zu erhängen, beigebracht haben.

– Mit einem Stahlseil? Der Selbstmörder hat da gern ein anschmiegsameres Material, das ihm nicht auch noch die Kehle durchschneidet. Man hat versucht, mich umzubringen. Wahrscheinlich komme ich jetzt wegen Verfolgungswahn in die Klapse, oder wie?

Ich fasste ihn am Arm und führte ihn hinaus auf den Balkon.

– Ich nenne Ihnen die Gründe, warum das Leben und ich nicht voneinander lassen wollen. Ich muss Emma rumkriegen, meinem Freund Julius aus der Patsche helfen, einen Mörder stellen, die Kunden in meinem Laden bedienen. Ich liebe gutes Essen, trinke hauptsächlich zum Vergnügen, schlafe nachts wie ein Bär und brauche deswegen jetzt endlich einen Kaffee, wie ihn Schwester Gabi, Susi oder Moni für Sie zubereitet hat. Noch stärker ist mein Überlebenswille ausgebildet. Vor Hindernissen fange ich nicht zu weinen an, sondern hau sie weg.

Wir schauten in den Hof hinunter.

– Ich springe nicht. Eher werfe ich jemanden hinunter.

Grollmann wich eingeschüchtert ins Eck zurück.

– Die Faust zeigen, das ist kernige Vitalität. Aber jetzt lassen wir es gut sein. War mir ein Vergnügen!

Ich gab ihm einen Klaps. Dann schloss ich die Balkontür, zog die Vorhänge vor und nahm den direkten Weg nach draußen.

41

Ich ging nach Hause. An meinen Schlössern und Gittern waren keine Spuren festzustellen. Offenbar hatte ich Traublinger doch heftiger erwischt, und er war gestern Nacht außer Gefecht gesetzt gewesen. Zuerst ging ich unter die Dusche. Mit der Handbrause konnte man bequem bis Brusthöhe arbeiten. Ob es die Verletzungen oder die Beruhigungsmittel waren, ließ sich nicht mehr ausmachen, aber ich war einfach schlapp und antriebslos und musste mir irgendwie auf die Beine helfen. Dann ließ ich einen Viererespresso durchzischen. Mit der Zigarette dazu war mir gleich wohler. Unsereiner brauchte einfach die beschleunigte Taktung, die aufkommende Niedergeschlagenheit in ein Kissen zu weinen, war meine Sache nicht. Ich zog ein Kapuzenshirt unter die Lederjacke, so konnte ich einen Großteil meiner momentanen Versehrtheit gut einpacken und verstecken.

Ich fuhr die Isar entlang und dann den Ring Richtung Schwabing. Der Parkplatz beim Uptown Munich war nun ein schon vertrauter Ort. Bevor ich hochfuhr, prüfte ich noch einmal meine Ausrüstung. Alles da! Hin und wieder würde man mit einer MP5, wie sie einem die Polizei schon mal unter die Nase hielt, eine wesentlich schneidigere Figur abgeben. Hatte ich nicht, ging nicht, da musste ich ohne durch.

Emma erschrak, als sie mich sah.

– Oh Gott, was haben sie denn mit dir gemacht?

– Traublinger. Er hat versucht, mir den Hals zuzudrücken. Ist er da?

Emma zuckte die Schultern.

– Gesehen habe ich ihn nicht. Aber sicher kannst du nicht sein.

Sie musterte mich mit großer Anteilnahme. Das tat mir unheimlich gut.

– Kann ich etwas für dich tun?

– Heute Abend, wenn ich hoffentlich alles heil überstanden habe, komme ich zu dir. Du kochst mir einen Kamillentee oder so etwas und hältst meine Hand.

Sie lächelte. Das war keine Absage.

– Kannst du auf deinem Rechner mal die Seite des Bayerischen Wirtschaftsministeriums aufrufen?

Klackernd glitten ihre Hände über das Keyboard.

– Und jetzt?

– Geh unter Download und schau, ob es da ein Papier zur Stadtentwicklung herunterzuladen gibt.

– Schlachthof?

– Genau das!

Auf Julius' technische Fähigkeiten war eben doch Verlass. Er hatte es geschafft.

– Kannst du mir dieses Papier ausdrucken?

Sie übergab mir den fertigen Ausdruck. Ich blätterte ihn

durch. Das Hirschböck-Exposé war also öffentlich. Meine Laune besserte sich zusehends.

– Und jetzt, sagte ich, gehe ich hinein und nehme sie alle hops.

42

Ich schaffte es genau bis zum Schreibtisch der schönen Miriam. Als sie mich sah, stieß sie einen Schrei aus.

– Hatten Sie einen Unfall, Herr Gossec?

– Ach was, nichts von Bedeutung. Meinem Schönheitschirurgen ist nur beim Wiederannähen der Gesichtshaut die Nadel ausgerutscht.

– Echt?

– Wo ist Dr. Nüsslein?

Miriam wieselte vor die Tür, um sie mit ihrem ansehnlichen Leib zu schützen.

– Er darf auf keinen Fall gestört werden.

Frauen gegenüber hatte ich eine Beißhemmung. Ich wagte nicht, sie grob anzufassen oder wegzuzerren.

– Miriam, es geht um eine Sache von allerhöchster Wichtigkeit. Mach jetzt keinen Fehler und gib die Tür frei.

Miriam stand starr. Order war Order.

– Weg da, schrie ich.

Von hinten fasste sie nach der Klinke, öffnete sie und rannte dann in den Raum hinein. Nüsslein stand mit verschränkten Armen am Fenster. Ganz Napoleon, der nach seinen Truppen Ausschau hält. Miriam sprang ihm an den Hals.

– Schicken Sie Ihr Ferkelchen raus, Dr. Nüsslein. Ich möchte mit Ihnen reden.

Nüsslein drehte sich um, schob dann Miriam beiseite und wies sie mit einer Kopfbewegung nach draußen. Ich warf das ausgedruckte Exposé vor ihn auf den Tisch.

– Das ist seit heute über die Website des Wirtschaftministeriums öffentlich und allgemein einzusehen.

Er setzte sich und blätterte das Papier durch. Das Spiel seiner Kiefermuskeln sah so druckvoll aus, dass er wohl jede Eisenstange durchgebissen hätte. Dennoch blieb er ein Muster an Selbstbeherrschung.

– Wo ist Traublinger?

– Ist das Ihr Kegelbruder?, fragte er zischelnd.

Mir wurde klar, dass ich ihn aus seiner Reserve locken musste. Ich trat mit meiner Stiefelsohle gegen die Glasvitrine, in der seine Trophäen aufbewahrt waren. Das riss ihn dann doch aus dem Lederstuhl.

– Sie Ratte, schrie er.

Meine Aktion hatte ihn deutlich lebhafter gemacht. Er blickte sich um. Ich wusste genau, dass er nach einer Waffe Ausschau hielt. Bei Leuten wie Nüsslein erwartet man, dass sie aus einem Samtfutteral einen chicen Derringer mit Perlmuttgriff ziehen. Aber er griff ohne zu zögern nach der Statuette der Siegesgöttin Nike, die er vor sich auf dem Schreibtisch stehen hatte. Ein Nüsslein wollte immer gewinnen.

– Nur zu, stachelte ich ihn an. Diese Runde haben Sie trotzdem verloren, Nüsslein.

Leute wie er büßen fast nie ihre Contenance ein. Sie

schreiten nach Niederlagen über die Leichen der Ihren hinweg. Indolent und unverletzbar. Sie bekommen schiefe Mäuler wie Raubkarpfen, fangen sich Blinzelticks ein und werden zynisch, bleiben aber stets gepanzerte Wesen. Wenn ich auch sonst schon nichts dauerhaft gegen eine so große Gesellschaft und ihren Vorstand ausrichten konnte, wollte ich doch einmal erleben, dass er die Sau herausließ.

Ich griff mir rasch einen seiner Kunstharz-Tombstones. Da kam die Statuette bereits angeflogen, das Gipsfigürchen zerschellte jedoch an meinem Schutzschild. Er tastete nach der Mineralwasserflasche. St. Johannser Quell, im lang gezogenen schlanken Burgunderformat, Premium, nur bei Mondschein abgefüllt. Ich ließ ihn herankommen. Dann zog ich meine Stahlrute aus der Jacke und schlug die Flasche entzwei. Nüsslein machte einen Schritt zurück, ich setzte nach und gab ihm einen Haken unters Kinn. Der Schlag riss seinen Kopf nach hinten, er stolperte und landete auf dem Besprechungstisch. Ich packte ihn und drehte ihn auf den Bauch. Mit dem Brieföffner schlitzte ich seine feinen Anzughosen auf. Auch Dr. Nüsslein würde es nicht wagen, in seiner Seidenunterwäsche eine heillose Flucht anzutreten. Und mir tat das so gut, als hätte ich seinen Skalp genommen.

43

Ich machte mich auf die Suche nach Traublinger. Die Gänge des Büros waren leer, wie ausgestorben. Die Türen standen offen, aber auch dort zeigte sich keine Menschenseele. Büroratten haben ein feines Gespür für sinkende Schiffe. Ich ging weiter. Nebenan, in den neuen Räumen der Global Real Estate, befand sich ebenfalls kein Mensch. Trotzdem hatte ich das ungute Gefühl, dass mir jemand auf den Fersen war. Ein bedrohlicher Schatten folgte mir.

Als ich wieder in den Besprechungsraum zurückkehrte, lag Dr. Nüsslein nicht mehr auf dem Tisch. Wahrscheinlich hatte ihn Miriam hinausgeschafft. Im langen Mantel war er womöglich über den Direktionslift abgehauen und auf direktem Weg zu seinem Anwalt. Auf seiner Weste würde kein Fleck bleiben. Höchstens der Makel eines geschäftlichen Misserfolgs haftete ihm nun an. Das immerhin war schon etwas, auf das ich stolz sein konnte.

Plötzlich hörte ich hinter mir ein undefinierbares Geräusch. Ein Seufzer, ein Grollen, wie es sich sonst nur der borstigen Brust einer massigen, waidwunden Wildsau entringt. Vielleicht war diese Vorstellung auch nur eine Kompensation einer Geruchswahrnehmung, die ich zwar noch aufnahm, aber nicht mehr zu deuten wusste.

Überlegungen waren fehl am Platz. Ich bekam einen Tombstone zu fassen, drehte mich, sah Traublinger einen kurzen Moment lang mit gezückter Pistole hinter mir stehen, registrierte noch diesen Kantschädel, seine Clark-Kent-Zahnleiste und zusammengekniffenen Sehschlitze, dann traf ihn mein Schlag. Ein Volltreffer, ich hatte ihn volley erwischt und ihm eine volle Breitseite verpasst. Die Pistole fiel ihm aus der Hand, taumelnd stürzte er nach hinten und fiel krachend gegen den Tisch. Reflexartig bückte ich mich, um die Schusswaffe zu sichern.

– Halt, ertönte es da von der Tür. An Ihrer Stelle würde ich das Ding nicht anfassen. Das könnte Spuren verwischen.

Ich drehte mich um. Maier zwo und Müller fünf standen im Raum. Traublinger rührte sich zwar nicht mehr, aber ich war heilfroh, dass die beiden gekommen waren. Einen Brocken wie Traublinger kriegte man nur zeitweise klein.

– Lassen Sie, sagte Maier zwo.

Er legte Traublinger Handschellen an. Dann musterte er mich.

– Bei Ihnen können wir es ja mal ohne versuchen. Aber mitkommen müssen Sie so oder so.

Ich winkte ab.

– Ist in Ordnung.

Vorne am Ausgang verabschiedete ich mich noch von Emma.

– Bis später, sagte ich.

Das klang hoffnungsvoller als mir zumute war.

44

Man brachte mich in das Büro von Müller fünf, wo ich schon vor einiger Zeit mit den Herren eine erste ausführliche Gesprächsrunde absolviert hatte. Zunächst saß ich dort allein. Offenbar war ein gewisser Aufwand vonnöten, Traublinger zu versorgen. Endlich betraten sie den Raum, natürlich zu zweit. Müller fünf kramte ein Hängeregister mit dem Vernehmungsprotokoll hervor, das ich damals unterzeichnet hatte.

Maier zwo zog wie ein Ackerbauer Furchen quer durch den Raum. Da klingelte das Telefon. Er nahm ab. Schon runzelte er die Stirn, kratzte sich am Kopf und bedankte sich schließlich.

– Spurensicherung, sagte er.

– Und?

Maier zwo stand auf, ging zu seinem Kollegen und reichte ihm die Hand.

– Gratuliere! Das Ding ist gelaufen. So gut wie.

– Danke, erwiderte Müller fünf. Beim nächsten Mal hast du sicher wieder die Nase vorn.

Man hatte das Gefühl zu stören. Die beiden hatten zusammen schon die Polizeischule absolviert, waren im selben Streifenwagen gesessen, hatten ihre Wurstsemmeln geteilt, gemeinsam mit Beamtenrabatt bei Staatsgütern Wein bestellt und waren seither als Zwillinge unterwegs.

– Pferdewetten? Lotto, Toto – oder worum geht es?

Maier zwo fing sofort wieder an, den großen, unsichtbaren Hefeteig zu kneten, der anscheinend für ihn dauerhaft in diesem Raum aufgehängt worden war.

– Nein. Das sieht ziemlich gut für Sie aus…

– …Waffe und Kaliber deuten klar darauf hin, dass Traublinger derjenige war, der Bärnbichl erschossen hat.

– Na also, sagte ich.

Maier zwo zog wieder seine schüchterne Schnute.

– Ich hatte eigentlich mehr mit Ihnen gerechnet, während er…

– … Traublinger verdächtigt hat.

Du meine Güte! Ihr Spiel hieß: Wer ist der Mörder?

– Trotzdem, hob Maier zwo wieder an, fehlt noch ein Stein.

– Ein Eckstein sogar, bekräftigte Müller fünf.

– Welcher denn, fragte ich.

Maier hatte seinen Geldbeutel gezogen und legte wortlos einen Schein auf Müllers Schreibtisch. Dann holte er ein Blatt aus dem Hängeregister.

– Wir können die Geschichte ja noch mal Revue passieren lassen.

– An dem betreffenden Abend ist Staatsekretär Dr. Hirschböck Gast der Global Real Estate im Bräurosl-Zelt. Man isst, trinkt und redet …

– … sicher auch über Geschäftliches und Politik …

– Ein Staatssekretär ist ja immer im Amt.

Maier nahm sich den Hefeteig nun sehr hektisch vor.

– Bärnbichl hat schon des Öfteren für die GRE gearbeitet …

– Entmietungsjobs!

– … und war, wie wir wissen, an diesem Abend mit von der Partie. Er sollte Neugierige von der Box fernhalten, in der die Herren zusammensaßen. Jedenfalls können wir voraussetzen, dass er in der Nähe war und Traublinger ihn anstiften konnte, dem Staatssekretär K.-o.-Tropfen ins Bier zu kippen.

Müller beobachtete mein Mienenspiel. Maier hatte eine Weile darauf gewartet, dass sein Kollege den Stab übernehmen würde. Da dieser keine Anstalten machte, absolvierte er auch die nächste Runde.

– Und damit nimmt das Unglück seinen Lauf: Herrn Dr. Hirschböck wird zunehmend unwohler. Er möchte gehen. Nun arbeiten die beiden Hand in Hand: Traublinger gibt vor, den Wagen zu holen, Bärnbichl soll den Staatssekretär hinausbegleiten.

Jetzt übernahm doch wieder Müller und sprintete in der Geschichte ein gutes Stück voran.

– Bärnbichl schafft den Willenlosen weg, um ihn unbeobachtet ausrauben zu können. Dr. Hirschböck wird schließlich niedergeschlagen und vor Ihre Ladentür geworfen. Was wie ein simpler Raub aussieht …

– … ist eigentlich die Aneignung einer Studie, die Traublinger als Insiderinformation zu Geld machen möchte.

Genau so hatte ich mir das auch gedacht. Nachdem ich das Exposé bei Bärnbichl hatte mitgehen lassen, kam es zwischen den beiden zum Streit. Wahrscheinlich dachte Traublinger, dass Bärnbichl nun auf eigene Rechnung Geschäfte machen wollte und ihn betrogen hatte. Diesen letzten Gedanken teilte ich den beiden mit.

Müller und Maier schauten sich verwundert an. Müller lachte auf. Maier schien große Enttäuschung zu überkommen.

– Du liebe Güte, Gossec. Ist das alles? Wir hatten Sie eigentlich für schlauer gehalten.

Ich guckte ziemlich belämmert.

– Schauen Sie, sagte Müller. Dass die beiden Streit bekommen haben, ist richtig. Auch dass dabei Bärnbichl erschossen wurde. Aber der Grund war ein vollkommen anderer, als Sie denken.

Müller richtete sich auf, als habe er einen Fanfarenstoß vernommen.

– Traublinger selbst hat in einem anonymen Anruf unseren Verdacht Richtung Bärnbichl gelenkt!

– Wir machen uns auf, seinen Laden zu durchsuchen.

– Und was finden wir?

Das Zusammenspiel dieser beiden Vortragskünstler wäre nur noch dadurch zu steigern gewesen, wenn jeweils einer die Klavierbegleitung des anderen übernommen hätte.

– Wir finden einen toten Mann, dazu sämtliche Habseligkeiten von Dr. Hirschböck, aber kein Exposé!

– Mann, rief Maier mit erstaunlicher Verve, Traublinger hatte sich das Exposé längst kopiert und wollte, dass wir das Original bei Bärnbichl entdecken. Das war seine Idee. Und die größte Panne war, dass es verschwunden ist.

– Traublinger hätte sich mit dieser Aktion reingewaschen, Bärnbichl wäre der Hauptschuldige gewesen. Und deswegen sind wir auch in einem anderen Punkt absolut sicher…

– So, Gossec, und jetzt mal Tacheles: Wo ist das Exposé hingekommen?

45

Nicht schlecht. Die beiden hatten mich mit ihrer Umzingelungstaktik immer weiter in die Enge getrieben. Aus dieser Sackgasse gab es kein Entkommen mehr.

– Okay. Ich habe es mitgenommen, als ich bei Adi oben war. Es lag in seiner Schublade.

Wahrscheinlich hätten sich die beiden gern abgeklatscht, jedenfalls schauten sie sich wie Doppelspieler an, die eben den Punkt gemacht hatten.

– Na also, rief Maier.

– Jetzt ist Ihnen doch schon viel wohler, ergänzte Müller.

Ich grinste.

– Absolut.

– Sie wollten es zu Geld machen?

Maier machte sich gleich wieder zum Moralapostel.

– Irrtum. Ich wohne im Schlachthofviertel. Und möchte dort bleiben. Von meinem Freund habe ich bereits erzählt. Dem Bärnbichl die Tür zugemauert hat.

– Märchen. Hier möchte sich jeder Kleinkriminelle zum Kneißl oder Jennerwein stilisieren. Man macht es ja nur für die anderen.

Müller wurde grob, Maier gab sich schlau.

– Wenn es so ist, wie Sie sagen, dann erzählen Sie uns doch, wo sich das Exposé jetzt befindet.

So war das in diesem hundsmiserablen Stück heute Abend. Ich schleppte mich von Akt zu Akt, hatte nur eine kleine Rolle und einen doofen Text oder ließ mich versohlen. Aber schlussendlich bekam man zum Ausgleich für alles den großen Knaller.

– Gern. Es steht online auf der Website des Bayerischen Staatsministeriums für Wirtschaft.

Maier zwo und Müller fünf wussten, was sich gehörte. Mit Ehrfurcht und ungläubigem Erstaunen nahmen sie meinen Hinweis entgegen und schwiegen. Das vertiefte den schönen Effekt und gab mir die Möglichkeit, noch einen nachzulegen.

– Sehen Sie doch einfach nach. Direkt unter Download.

Mit wenigen Tastatureingaben hatte Müller die gewünschte Seite angesteuert. Maier stand hinter ihm und stützte sich auf den Schultern seines Kollegen ab. Er zeigte sich erschüttert.

– Ist das amtlich?

– Offiziell?

– Oder gefaked?

– Er meint, gehackt?

Diese Frage interessierte auch mich lebhaft. Wie hatte das Ministerium reagiert?

– Rufen Sie doch einfach mal an und fragen Sie nach.

Müller gab Maier ein kurzes Zeichen mit dem Kopf, dann verschwand dieser aus dem Zimmer. Nach einiger Zeit kehrte er zurück. Stellvertretend für die vielen schweren Bedenken, die er nun nicht mehr im Büro hin- und hertragen wollte, warf er das Hängeregister auf den Tisch.

– Morgen, sagte Maier, gibt Dr. Hirschböck eine Pressekonferenz zur Studie. Das Echo war heute schon sehr groß und hat die Erwartungen des Ministeriums weit übertroffen.

Wieder schwiegen beide, dann gab es einen kurzen Blickwechsel, und schon herrschte Einvernehmen.

– Da hat man einen endlich überführt, er ist so gut wie gerichtet und dann …

– … ist er doch gerettet, ergänzte Maier.

– Verschwinden Sie, Gossec. Und passen Sie auf, dass Sie uns nie wieder in die Quere kommen.

– Nie wieder, echote Maier.

Ich erhob mich, begriff, dass eine Verabschiedung per Handschlag eine Provokation gewesen wäre, deutete ein kleine Verbeugung an und ging erhobenen Haupts wie ein Oberkellner aus dem Büro.

46

Als ich unten im Freien stand, war es bereits dunkel geworden. Ich guckte auf die Uhr, gerade mal fünf. Vom grauschwarzen Himmel schwebten dicke Flocken herunter. Das sah hübsch aus, wenn man hochschaute, unten am Pflaster blieb nur Matsch. Die vorbeifahrenden Autos ließen diese schmutzige Schneesoße hochspritzen. Ich zog meine Mütze aus der Jacke und setzte sie auf. Am meisten wäre mir nach einem Taxi zumute gewesen, hier einsteigen, zu Hause aussteigen. Aber man fand einfach keine Einstellung zu dieser Jahreszeit, wenn man sich ihr nicht aussetzte. Außerdem hatte ich ein ungutes Gefühl, das ich nicht unterzubringen wusste.

Ich marschierte beim Zirkus Krone an den Stallungen entlang. Durch jede noch so kleine Ritze meiner Stiefel drang feuchte Kälte an die Füße. Ungute Gefühle waren gefährlich. Sie waberten wie Nebel, machten alle Konturen undeutlich und ließen das Wesentliche im Ungefähren verschwimmen. Da hat ein Vorgesetzter seinem Angestellten einen ziemlich Ätzenden mitgegeben. Der trottet nach Hause durch den Matsch, fühlt sich zuerst klamm, dann alt, krank, müde und heimatlos. Und träumt von der schönen Zeit, als Mutter ihm noch die nassen Botten ausgezogen und die Füße wieder gewärmt hat. Dann verdrückt das Arschloch ein paar sentimentale Tränchen, beklagt seine Geworfenheit in diese scheußliche Welt, statt stehenden Fußes kehrtzumachen und dem alten Ekel im Büro endlich eins zwischen die Hörner zu geben.

Auf der Hackerbrücke hatte ich endlich die gedankliche Leistung vollbracht, mich selbst als dieses Arschloch zu identifizieren und im Klartext vor mir zu haben, dass diese Geschichte mit unserem Staatssekretär Herrn Dr. Hirschböck oberfaul war. Wieso ging der auf alles so bereitwillig ein? Warum hatte der überhaupt an diesem Wiesnabend die Studie eingesteckt? Und wenn Traublinger dealen wollte, warum tat er es dann nicht vom ministeriellen Büro aus?

Logisch: Ich war in dieser Sache noch nicht am Ende meines Wegs angekommen.

Egal, heute Abend gab es Entspannung und Kamillenpunsch für mich, das war sicher.

Als ich endlich in meinem Laden angekommen war, hörte ich die Nachrichten auf dem Anrufbeantworter ab. Darauf war Julius, mehrfach wie im Zeitraffer. Er habe es hinbekommen, das Exposé online zu stellen. Schön, das wusste ich bereits. Im Übrigen sei er an einer großen Sache dran. Das klang spannend. In der nächsten Nachricht entpuppte sich das große Ding als die Geburt einer neuen Band, ein Powertrio, bestehend aus den beiden Gitarristen Julius und Onkel Tom sowie dem Drummer Henry Finkel. Ob ich einen zugkräftigen Namen für sie wüsste? Durchaus: Die alten Hasen oder gerne auch The Old Rabbits. Das klang so zugkräftig wie Old Shatterhand oder Old Surehand. Letzte Nachricht: Er habe beim Wirt in Unterastbach einen ersten Gig vereinbaren können. Bereits nächste Woche.

Du meine Güte, ließen sich denn in München so viele Drogen auftreiben, dass das gutgehen konnte?

Dann telefonierte ich mit Emma. Sie erneuerte unsere lose Verabredung. Ihre Wohnung war in Trudering, in einer Kleinhäuslersiedlung, wo Schrebergärtner nach dem Krieg ihre Holzschuppen mit Kriegstrümmern zu echten Häusern aufgewertet hatten. Offenbar hatte Emma dort geerbt.

Das Häuschen mochte eine Grundfläche von gerade mal vierzig Quadratmetern haben. Um es herum wucherte ein Gartenstreifen. Sie bat mich an den gedeckten Tisch, wo eine Suppe stand, die sie gekocht hatte. Dazu gab es Tee, das hatte sie ganz ernst genommen. Geduldig hörte sie sich an, was mir alles widerfahren war. Ihre ruhige Aufmerksamkeit entspannte mich. Das aber war nur der Anfang. Bereits gegen zehn Uhr war ich durch die angenehme Wärme ihres gusseisernen Ofens wie umgenietet und so müde, dass sie mir auf dem Sofa das Bett bereitete. Ich schlief wie bei Muttern, nachdem sie mir die nassen Botten ausgezogen und meine kalten Füße gewärmt hatte. Als ich am anderen Morgen aufwachte, war Emma bereits weg. In der Küche fand ich alles, um mir einen Kaffee zu kochen. Mir ging es gut, ich fühlte mich so wohl wie einer, der seine verlorene Hälfte wiedergefunden hatte.

47

Mit einem alten Journalistenausweis machte ich mich zur Pressekonferenz ins Maximilianeum auf. Diesen Ausweis hatte ich mir früher einmal erschlichen. Inzwischen habe ich mir einige Fertigkeit im Umgang mit Kartoffelstempeln erworben und war in der Lage, ihn eigenhändig immer wieder zu verlängern. Beim Kauf von Neuwaren jeder Art war dieser Ausweis ein unentbehrlicher Begleiter, der alles billiger und später jede Reklamation dringlicher machte. Selbst internationale Konzerne vermieden geflissentlich, dass sich ein kläffender Pinscher in sein vermeintlich gutes Recht verbiss und irgendein Blatt schließlich mit der Schlagzeile hervortrat, man habe einem Münchner Journalisten bitter Unrecht getan. Hinter diesen aufgeblasenen Geschichten standen selbst wieder Journalisten, die peinlich genau darauf achteten, dass ihnen für den nächsten Einkauf keine Felle davonschwammen.

Der Pförtner wusste Qualitätsarbeit zu schätzen, machte mir keine Schwierigkeiten und ließ mich ein. Ich hatte nur ein paar Kollegen hinterherzudackeln, um an den richtigen Ort zu kommen.

Das Maximilianeum verdankte seinen Namen dem Plan, an prominenter Stelle ein Athenäum zu errichten. Mit diesem Plan war Griechenland und seinen Göttinnen genug Ehre erwiesen worden, und man baute das Ganze dann doch lieber im Renaissancestil. Der Bau sollte hochbegabten Landeskindern als Ausbildungsstätte dienen. Heute tut er das als Bayerischer Landtag: Hochbegabte Landespolitiker dürfen dort so lange üben, bis es einem aus ihrer Mitte endlich gelingt, die Macht in der ganzen Republik zu übernehmen und den jahrhundertealten Bannfluch zu lösen, der auf allen bayerischen Herzögen, Königen und Ministerpräsidenten ruht.

Einer dieser Hochbegabten saß vorne und referierte über den Münchner Schlachthof. Hirschböck sprach von einer Pilotstudie. Von Zukunftsvisionen, die man selbstverständlich noch mit der Stadt München abzustimmen habe. Von der Vorreiterrolle seines Ministeriums. Von einem Szenario nach dem Prinzip: Was wäre, wenn? Von Denkanstößen. Schließlich war alles so locker geschlagen und unverbindlich verquirlt, dass Hirschböck zum Abschluss der ganzen Veranstaltung einen leckeren Luftguglhupf präsentieren konnte, von dem sich jeder gefälligst ein Stück abschneiden sollte.

Zwischen dem sturztrunkenen, vollgepissten und blutig geschlagenen Menschen und dem agilen Männlein am Pult, lagen Welten. Ich hatte eigentlich vorgehabt, ihn gleich nach der Veranstaltung anzusprechen, aber der Ablauf dieser Pressekonferenzen war für mich ein Buch mit sieben Siegeln, sodass ich den rechten Moment verpasste.

48

Zwei Stunden später stand ich vor dem Ministerium in der Prinzregentenstraße. Weiter kam ich nicht. Die mit ihren MP5 auf und ab paradierenden Polizisten stoppten mich. Dass ich zum Herrn Staatssekretär wollte, fanden sie dreist. Sie sagten dergleichen aber nicht, sondern gingen zum Schein darauf ein, zwinkerten mir ständig grinsend zu und empfanden alles als einen Riesenspaß. Ob ich denn eventuell auch mit dem Minister vorliebnehmen würde. Da gehe eher was. Sie amüsierten sich wirklich königlich, bis es mir zu bunt wurde und ich Hirschböcks handgeschriebenes Billet vorwies.

Jetzt ging tatsächlich doch noch was. Sie riefen mit ihren Handfunkgeräten hoch. Britzelndes Gebelle kam herunter. Schließlich stand ich im Foyer. Dort begann mich ein gut ausgebildeter Schutzbeamter, von unten her nach Waffen abzukneten. An und für sich ist das nicht unangenehm, man wünscht sich nur, dass man die Beine dabei hochlegen darf, und die Ausführung mit ein wenig Zitronenöl aufgewertet wird, dann käme man gut durchgewalkt und entspannt an sein Ziel. Meines war nach einigen Treppen und dem Durchschreiten von Vorzimmern das geräumige Büro des Herrn Staatssekretär Dr. Hirschböck.

Von weitem sah er noch kleiner aus. Das mochte auch an dem Holzungetüm mit den Ausmaßen einer Galeone liegen, das er als Schreibtisch benutzte. Er wieselte den weiten Weg um ihn herum.

– Ja, endlich, rief er, lässt er sich da herinnen auch einmal blicken.

Entkernte man das Niederbayerische, so bedeutete das ein öffentliches Bezeigen von sehr, sehr großer Freude. Wir schüttelten uns die Hände. Schon da gab er mir einen Klaps auf die Schulter. Dann wies er Frau Finsterwalder, seine Sekretärin, an, uns einen Kaffee zu bringen. Wahrscheinlich gab es eine Spezial-Ministeriumsmischung von Feinkost Dallmayr. Jedenfalls schmeckte der Kaffee so kräftig und bohnig, wie sich das ein Chef nur wünschen kann. Außerdem trank ich erst mal reichlich davon, weil ich nicht so recht wusste, wie ich das kritische Ding mit einem so jovialen Menschen anpacken sollte.

– So eine Geschichte damals. Meine Güte, wenn ich daran denke!

– Wahnsinn, sagte ich.

– Gell, erwiderte er. Herrschaftszeiten, so was!

Es hat bei uns keinen Sinn, dieses jede Art von Brei umkreisende Geplänkel zu übergehen. Man knufft ein paar Mal verbal hin und her, sagt vorzugsweise Sachen, denen der andere aus freudigem Herzen zustimmen kann. Auswärtige mutet dieser Gesprächsteil so monoton an wie die erste Aussprache der beiden Herren auf ihrer einsamen Insel: Ich Robinson, du Freitag. Wenn es der andere wiederholt, ist schon viel gewonnen. Um dies in seiner tiefen landestypischen Bedeutung angemessen würdigen zu können, muss man sich das so effektvoll wie das Echo am Königssee vorstellen.

Nachdem wir eine ganze Weile lang dieser artigen Kunst gehuldigt hatten, ergriff Hirschböck die Initiative.

– Was der Traublinger da gemacht hat, ist schon eine Riesensauerei.

Wenn der andere eingelullt war, brutal hinzuledern, dadurch unterschied sich der Fortgeschrittene vom Anfänger. Jetzt war aber auch genug herumgemenschelt. Gatter auf, Sau raus und Schluss!

– Allerdings, erwiderte ich. Aber zufriedenstellend aufgelöst ist die ganze Sache trotzdem nicht.

– Aha. Lassen Sie hören!

– Andersherum! Wie war das denn an diesem Wiesnabend mit Ihnen?

Hirschböck riss die Augen auf.

– Ja, hoppala!

Dann aber besann er sich und kehrte zu einem moderaten Ton zurück.

– Ja, wie war das? Die Firmen laden halt ein. Meistens haben sie dann ja auch ein Anliegen. Macht ja nichts, anhören kann man sich alles einmal, dafür sind wir schließlich da. Wenn du nicht weißt, was läuft, kannst du auch keine vernünftige Wirtschaftsförderung machen, oder?

– Hm.

– Und hinter der Global Real Estate steht ja ein Gigant.

Börsennotiert. Da heißt es bei uns nicht einfach – gerade herausgesagt: Leckt's uns am Arsch! Also geht man hin, logisch.

– Und den Kontakt hat Traublinger vermittelt?

– Freilich. Die ganze Sache hat er aufgebracht.

– Er hatte eine Vertrauensstellung bei Ihnen?

– Gehabt! Es war ihm schon klar, dass er bei uns nichts mehr werden kann.

– Wieso denn das?

– *European Economics* – da ist er hergekommen, und so war er. Ein guter Fachmann, aber keiner, der sich auch einmal beim Alten Wirt in Bichselbach hinstellt und erzählt, was wir machen.

– Er wollte weg?

– Vermutlich. Jedenfalls ist er gekommen, hat gesagt, passens auf, da ist eine große Firma, die bringen richtig Geld nach München, da müssen wir dranbleiben. Er hat ein paar Informationen zusammengestellt, das war schon eindrucksvoll, was die im Kreuz haben. Einer wie ich sitzt dann da und überlegt: Wie bindest du diese Weltfirma, dass sie in Bayern bleibt.

– Traublinger wollte selbst zur GRE, wussten Sie das?

Hirschböck schlug auf den Tisch.

– Hab ich mir's doch gedacht. Da schau ihn dir an!

Schon jetzt wurde mir klar, wie wenig Chancen ich bei einem gewieften Taktiker wie Hirschböck hatte. Er seifte mich nach allen Regeln der Kunst ein. An dem, was er sagte, war nichts falsch, es war aber auch nur bestenfalls halb richtig. Er gab den Fachmann, den Parteimann, den Biedermann, den Bauern oder Viehhändler, je nachdem, was anstand. In machtlosen Situationen wie diesen hätte man das ganze Pack gerne an einem Lodenstrick aufgehängt. Ich spürte, wie mir das Blut zu Kopf stieg. Die kunstvolle Brühung der ministeriellen Mischung von Frau Finsterwalder hatte auch das Ihre dazu getan.

Hätte ich wirklich einen absolut unbestechlichen Charakter, hätte ich ihn am Schlafittchen gepackt und auf seiner Schreibtischgaleone hin- und hergebeutelt. Aber so blöde war ich auch nicht, dass ich mich dazu hinreißen ließ, meine zumeist ruhige bürgerliche Existenz in Bayern aufs Spiel zu setzen. Außerdem hatte ich einen Auftrag im Namen von Julius.

Aber ich wurde eine ganze Latte giftiger.

– Warum hat Traublinger diese ganze Geschichte mit der Studie dann nicht vom Büro aus gefingert?

Hirschböck lächelte.

– Weil wir normal solche Sachen nie aus der Hand geben. Er hat was läuten gehört. Und mit guten Informationen kannst du einem Geschäft eine gute Grundlage geben.

Und jetzt kam die Galle.

– Und wieso nimmt dann jemand wie Sie die Studie aufs Oktoberfest mit?

– Man muss präpariert sein. Das heißt ja noch lange nicht, dass du davon was rauslässt. Aber du sagst denen natürlich, passens auf, ich rate Ihnen, das so oder so zu machen. Die verstehen dann schon, dass damit auch eine gewisse Handreichung gegeben ist, wenn einer wie ich so was sagt. Logisch, oder?

– Und wie kam es dazu, dass das LKA den Fall an sich gezogen hat? Wäre das nicht was für die Ettstraße gewesen?

Hirschböcks Lächeln wurde fein.

– Zufall! Der erste klare Gedanke an dem Abend war: Du musst den Edi Wolfertsberger vom Innenministerium anrufen.

Und der hat halt die ganze Geschichte gleich an seinen Apparat weitergegeben.

Frau Finsterwalder kam herüber. Ein wichtiges Gespräch liege an. Ob Herr Dr. Hirschböck den Anruf entgegennehme?

– Unterbrechen wir kurz, sagte er zu mir.

Ich nutzte die Gelegenheit und ging auf die Toilette.

49

Ich klatschte mir Wasser ins Gesicht, dann haute ich mir mit der flachen Hand mehrfach auf die Schädeldecke. Gab es denn keinen da drinnen, der aufwachte und dieses verfahrene Ding noch einmal umbog? Zuhauen durfte ich nicht, reden wie Hirschböck konnte ich nicht. Momentan war ich der Gefickte, so hätte es das Reptil aus dem Pik Ass ausgedrückt.

Ich guckte mich im Spiegel an. Heute früh hatte ich schon wieder ganz manierlich ausgesehen. Aber jetzt färbte eine hektische Stauröte mein Gesicht wie eine Purpurpflaume. Wenn ich hier schon keinen Blumentopf mehr gewinnen konnte, so ließ sich doch noch dafür sorgen, dass ich dieses Haus nicht mit vollgepisster Hose verließ.

Ich stürmte fast im Laufschritt zurück in Hirschböcks Büro. Aufgeräumt saß er wieder am Besprechungstisch vor Kaffee und Gebäck. Als ich eintrat, schaute er kurz auf die Armbanduhr.

– Kein Problem, ich bin gleich draußen.

Hirschböck schüttelte gütig den Kopf.

– Zwei Sachen noch. Oder wenigstens eine, ob es zur zweiten noch kommt, werden wir ja sehen. Für mich lief diese Geschichte so: Die Studie war Chefsache. Das wusste Traublinger, und so hat er das sicher auch weitergegeben. Deshalb sind die von der anderen Seite direkt an Sie herangetreten. Mit einem, wie man annehmen darf, Spitzenangebot.

– Hoho!, machte Hirschböck.

– Ein Angebot, das Sie fast aus der Kurve getragen hätte. Jedenfalls haben Sie an diesem Abend die Studie eingepackt und waren drauf und dran, sie auch über den Tisch wandern zu lassen. Was dann passiert ist, das werde ich nie rauskriegen. Sagen wir einfach: Sie haben Skrupel bekommen, und das Ding blieb in Ihrem Säckel. Jedenfalls hat Sie die Sache ziemlich gebeutelt. Irgendwann haben Sie diesen moralischen Zweifelsfall in einem Fetzen Rausch versenkt.

Hirschböck hatte den Kopf schräg gelegt, als lausche er einer Predigt.

– Bestimmt hatte aber Traublinger seinem künftigen Brotherrn, Dr. Nüsslein, Zusicherungen gemacht. Als das Exposé dann doch nicht über den Tisch ging, geriet er in Zugzwang. Er musste improvisieren. Anders kann ich mir diese dilettantische Geschichte mit dem Überfall nicht erklären. Die Sache war doch nicht durchdacht, denn hinterher hatte er Mongolen-Adi am Hals. Wo Traublinger doch Geschäftsführer werden wollte! Sie haben das geahnt und vorsichtshalber das LKA agieren lassen, weil man da von Ihrer Seite aus leichter einwirken kann. Schließlich haben bei denen der Innenminister und Ihr Freund Edi das Sagen.

Hirschböck blieb die ganze Zeit über gefasst, sein Mienenspiel zeigte, dass er meine heftigen Worte sogar mit viel Verständnis begleitete. Der bayerische Politiker ist durch öffentliche Beschimpfungen beim Starkbieranstich und ähnlichen Anlässen so gestählt, dass er nie die Leutseligkeit verliert.

– In der Sache sind viele Fehler gemacht worden, erwiderte Hirschböck. Auch persönliches Fehlverhalten ist zu beklagen. Aber halten wir jetzt einfach in aller Deutlichkeit fest, dass ich an besagtem Tag zusammengeschlagen und ausgeraubt worden bin. Und aus einem Opfer machen auch Sie keinen Täter, verstehen wir uns da? Was alles andere angeht, sagen wir: Die unbeabsichtigten Schäden, die aus meinem, vielleicht zu vertrauensseligen Verhalten entstanden sind, die haben wir alle wieder gutgemacht, indem wir die Studie veröffentlicht haben.

Jetzt platzte mir doch der Kragen. Ich sprang auf und schlug bei jedem Wort auf den Tisch.

– Wir haben dieses Ding gedreht und die Studie veröffentlicht. Nicht Sie!

Hirschböck lehnte sich zurück und lachte aus vollem Hals. Dann tupfte er unter seinen feuchten Augen herum und beugte sich zu mir.

– Gar nichts haben Sie! Null! Ich habe einen Anruf bekommen vom Rechenzentrum. Dass da irgendwelche Blinden versuchen, uns was reinzupfropfen. Dann haben wir uns das angeschaut und gesehen, dass es die Studie ist. Ich habe gesagt: Gute Idee, aber das machen wir lieber selber. Wenn schon, dann richtig.

Ich fiel in ein tiefes Loch. Man hatte nicht den Hauch einer Chance. Wenn man ihnen die Tür eintreten wollte, hatten sie die schon aufgemacht und fingen an, einem den Stiefel zu wienern. Hirschböck schaute mich mitleidig an. Eine jähe und vollständige Entkräftung war über mich gekommen und hatte mich schachmatt gesetzt. Das rührte ihn zutiefst.

– Dass Sie aber auch dermaßen verbissen sind. Überhaupt nicht auslassen können. So kiebig.

Ich hatte keine Ahnung, was ich ihm antworten sollte.

– Sie sind doch ein Lutheraner?

Ich schüttelte den Kopf.

– Sie werden das halt nicht mehr wissen.

Er zog ein Taschentuch hervor und wischte damit unter seiner Nase herum. Mit dieser Geste begann er die ganze Angelegenheit zu vergessen. Für solche Auslöschungsvorgänge hat man auf dem Computer die Delete-Taste. Weg, aus, verschwunden!

– Jetzt aber! Sie haben doch noch ein Anliegen, nicht wahr?

Auch das hatte er von Anfang an klar erkannt, da konnte man noch so hart auf den Tisch hauen. Ich erzählte ihm die Sache von Julius' Büro in der Zenettistraße. Er hörte sich alles an und machte ein paar Notizen.

– Und jetzt möchte er wieder da rein?

Ich nickte.

– Wenn die Räume renoviert werden, ist das ja kein Nachteil. Dann müssen sie es ihm halt wieder anbieten. Die Miete sollte nicht unverschämt sein, aber sonst sehe ich da kein Problem.

Er begleitete mich zur Tür. Dabei hatte er seinen Arm um meine Schulter gelegt. Auf einen freundschaftlichen Rat wollte er nicht verzichten.

– Jetzt seien Sie doch nicht gar so …

Er ballte die Faust und ließ sie ein paar Mal hin- und herzucken, als müsse er einen Widerstand weghauen, zog sie aber zurück und zeigte mir damit, dass es unsichtbare Hindernisse gab, gegen die man besser nicht angehen sollte.

– Verstehen Sie? Und werden Sie wieder gesund.

Er öffnete die Tür.

– Und wenn wieder etwas wäre, rufen Sie mich an. Habe die Ehre!

50

Ich stand unten auf der Prinzregentenstraße, wie ausgespuckt von diesem prächtigen ministeriellen Bau. Der grauwattige Nebel war wieder aufgezogen, und eine lange Lichterkette aus Autoscheinwerfern zog sich von der Staatskanzlei bis zum Friedensengel hoch. Mir ging es beschissen. Ich hatte mich in die Sache hineingekniet, hatte viel versucht, aber gewonnen hatte ich doch nicht. Das letzte Wort behielten andere, ich hatte nur ein paar Scherben aufgekehrt. Aber auch wenn ich mir den Schädel zermarterte, da war nichts, was einem wie mir hätte besser gelingen können. Die Verhältnisse waren gegen mich, da war nichts auszurichten. Bitter!

Manche Gedanken durfte man einfach nicht denken, auch wenn sie noch so logisch waren. Sie lösten Hirnfraß und Zersetzung aus. Gottlob war mein Organ da oben noch intakt und gab sofort rot blinkenden Alarm.

Logisch, sagte ich mir, zählt erst mal das, was unterm Strich steht. Resultate sprechen für sich, und niemand kann sie mit irgendwelchen guten Ansichten aufblasen. Scheiße bleibt Scheiße, was denn sonst? Aber auch aus krummen Geschichten musst du gerade herausgehen, nicht einmal den freien Abzug bekommst du geschenkt, sondern musst ihn dir erkämpfen.

Mit diesem Kick sah die ganze Sache dann doch anders aus. Jawohl! Ich würde alles wieder genauso machen, wie ich es getan hatte. Und darauf konnte sich jede gottverdammte Mauer verlassen, gegen die ich einmal angerannt war.

Ich ging die Isar entlang Richtung Maximilianstraße. Auf halbem Weg machte ich halt und lehnte ich mich an das Geländer. Weit unten floss die Isar in ihrem hochgemauerten Bett dahin. Ein Fluss, meint der Dalai-Lama, sei Beständigkeit und Veränderung in einem. Und da hatte er recht. Von hier aus schaute man unentwegt aufs Wasser, trotzdem blieb die Isar von München nach Freising unterwegs.

Auch unsereiner rannte sein Leben lang von Zar zu Zimmermann, ohne dass man mit Sicherheit hätte sagen können, ob man endlich angekommen war. Irgendwann einmal würde man die Grätsche machen, und da war es vielleicht ein nicht unwesentlicher Trost, zumindest alles versucht zu haben, was man aufbieten konnte. Dadurch würde man sich eine bessere Ausstattung verdienen, um schließlich im nächsten Leben voll zuschlagen zu können und alles spielend zu bewältigen.

Später nahm ich doch einen Bus und fuhr nach Hause. Ich ließ mir ein Bad ein und legte mich hinein. Vom Anrufbeantworter tönte Julius herüber: Er habe jetzt nichts mehr gehört, aber er rechne fest mit mir zu seinem großen Auftritt.

Ja doch, warum denn nicht!?

51

Das Wochenende war herangerückt. Die paar Tage Normalbetrieb hatten mir gutgetan, sie hatten mich wieder gefestigt und so weit wiederhergestellt, dass ich mich auf die große Veranstaltung freute. Endlich waren wir in dem Stadium, in dem nicht mehr ich die Hosen runterlassen musste, sondern Julius und seine Kumpane. Punktgenau war mir über das Büro Hirschböck ein Schreiben zugeleitet worden, dass Julius in einem Monat und mit einer moderaten Mieterhöhung sein Büro wieder würde beziehen können. Diese Trophäe konnte ich ihm bei dieser Gelegenheit überreichen.

Schon vor zwei Tagen hatte ich Lilo angerufen und ihr gesagt, dass nun am Wochenende meine Einladung fällig würde. Mit Emma hatte ich gleich nach meiner Rückkehr alles besprochen. Ich würde also wie der große Pimp persönlich mit zwei attraktiven Frauen anrücken. Fehlten mir nur noch der bodenlange Pelz und der Brillantengrill in der Schnauze.

Ich gönnte mir ein ausführliches Frühstück und eine ausgiebige Regenerationsrunde in der Badewanne. Nachdem Emma für schwere Düfte nicht zu begeistern gewesen war, rieb ich mich mit Zitronenöl ein und setzte ansonsten ganz auf meine einnehmenden hormonellen Eigenanteile. Ein gut rasierter, schmucker und rosiger Mensch ohne jede Blessur guckte mich aus dem Spiegel an. Ich wusste ja, was heute Abend anstand. Wahrscheinlich würden sie sich durch die Bank in ihre alten Jeanskutten und Holzfällerhemden zwängen. Damit wenigstens einer auf Kontrapunkt arbeitete, zog ich eine dunkelgraue Baumwollhose und einen schwarzen

Rollkragenpullover an. Wäre nicht die Lederjacke gewesen, hätte ich als Kreativer in jeder Agentur anheuern können.

Auch die beiden Frauen präsentierten sich im Bestzustand, dazu in aufgeräumter Stimmung, sodass eine gut gelaunte Gruppe nach Unterastbach fuhr. Hinnerk hatte wieder einmal einen leckeren Kuchen gebacken, und so saßen wir bei Kaffee, Schnaps und Likör zusammen.

Julius hatte sich noch nicht blicken lassen, er sei schweinemäßig nervös, sagte Hinnerk. Als ich ihn in seinem neuen Bürozimmer aufsuchte, saß er auf der Couch und zupfte Gitarre. Er merkte überhaupt nicht, dass ich den Raum betreten hatte. Die Last der abendlichen Veranstaltung lag zentnerschwer auf ihm, er guckte mich mit leidenszerfurchter Miene an.

– Steh mal auf, sagte ich.

Mechanisch gehorchte er. Ich reichte ihm die Hand.

– Herzlichen Glückwunsch zum alten neuen Büro.

Mit diesen Worten steckte ich ihm das Hirschböck-Schreiben zu. Fassungs- und verständnislos starrte er mich an.

– Deine Verbannung ist aufgehoben. Bald darfst du wieder zurück in dein Büro.

Jetzt endlich begriff er, war aber in seinem nervlich zerrütteten Zustand zu keiner wirklichen Gefühlsregung fähig und umarmte mich fahrig. Ich wünschte ihm noch alles Gute und ging wieder zu meiner fröhlichen Gesellschaft zurück.

52

Es waren durchweg reifere Semester, die abends beim Wirt hereinstrudelten. Den Bulldog hatten sie zwar in der Garage gelassen, aber mit ihren kurz geschorenen, fleischigen Köpfen hielten sie die Erinnerung an solche Tiere dennoch wach. Man sammelte sich zunächst in der Gaststube, wo wir uns ein Abendessen nach Gutsherrenart gönnten.

Der Wirt hatte auf Bio umgesattelt, was niemanden weiter störte, solange das Fleisch in den gewohnt großen Fransen auf die Teller kam. Man ließ die Bügelflaschen mit naturtrübem Bier aufschnalzen, und die Unterhaltung schwoll zu dem bei uns üblichen Lärmpegel an. Jeder schreit, wie er kann, haut auf den Tisch und lacht je nach Witz wiehernd wie der Gaul im Stall oder schmetternd wie eine Posaune vor Jericho. Zu dem, was hier Gemütlichkeit genannt wird, gehört wesentlich, dass jeder akustisch voll aus sich herausgehen kann. Auch deshalb hat man richtige Bierburgen gerne mit Gewölben ausgestattet: Ein jeder fühlt sich an das Kloster, die gottgeschenkte Herkunft dieser ganzen Sauferei, erinnert, und ein halbwegs besetzter Stammtisch mit schreienden Burschen füllt dank der Verstärkertechnik dieser Deckenkonstruktion einen ganzen Saal aus. Da weiß jeder sofort, dass herinnen eine Riesengaudi am Laufen ist. Und niemand will fehlen.

Wenn ich die Leute rundherum so musterte, war mir aber doch ein wenig bänglich zumute wegen Julius' Auftritt. Gegen solche Holzköpfe musste man ja erst mal anspielen können. Was tun, wenn Julius schon nach dem dritten derben Zwischenruf zu heulen anfing? Mich mit dem ganzen Saal herumzuprügeln, das konnte auch er nicht von mir erwarten.

Neben der Gaststube war ein Veranstaltungsraum, in dem normalerweise Theater und Kabarett stattfanden. Ich bezahlte den Eintritt für uns alle. Sicherheitshalber, wenn es schiefging, musste man wenigstens kein schlechtes Gewissen haben. Nach und nach füllte sich der Raum, und die Bedienungen sorgten dafür, dass jeder die gewünschte Bügelflasche in die Hand bekam. Die Bühne war spartanisch ausgerüstet, ein paar alte Marshall-Verstärker, die aus dem Fundus von Onkel Tom stammten, und ein Schlagzeug, das schon bessere Tage gesehen hatte.

Ich ging pinkeln. Als es mir in der eiskalten Toilette einen Schauer den Rücken hinunterjagte, musste ich mir eingestehen, dass nicht nur Julius schweinemäßig nervös war. Und ich konnte noch nicht einmal etwas tun, außer zuzuschauen.

Früher war das alles nicht so tragisch gewesen. Eine Beatgruppe, die ein paar gerade Takte zustande brachte, war schon etwas oder doch zumindest auf dem Sprung. Und zu den Hochzeiten des Punk konnte der Gitarrist seinem Publikum verkünden, dass ihm zwar drei Saiten gerissen seien, er aber trotzdem weiterspiele, was in der Tat egal war, solange der Saft am Verstärker voll aufgedreht war.

Als ich zurückkam, war der Saal bereits abgedunkelt. Statt einer Vorgruppe legte der Wirt auf, um das Publikum schon etwas vorzuwärmen. Emma schaute mich prüfend an. Sie lächelte.

– Wird schon gutgehen.

Ihre Zuversicht hätte ich gerne geteilt. Dann kamen die drei Musiker in den Saal. Eigentlich trotteten sie, jedenfalls kam mir die Zeit, bis sie endlich die Bühne erreicht hatten, unendlich lang vor. Jeder halbwegs schlaue Provinzpolitiker oder

Showman weiß, dass man im Angesicht einer Bühne zu laufen beginnt und möglichst mit einem Satz das Podest erklimmt. Die Dynamik muss einem aus allen Knopflöchern spratzen. Davon hatten die drei Veteranen noch nichts gehört. Vorneweg Onkel Tom mit einer Leibesfülle, die showtechnisch nur in den weißen, strassbesetzten Sack des Endzeit-Elvis gepasst hätte. Dahinter Henry Finkel, lang und dürr wie der Knochenmann in der Geisterbahn. Als Letzter mein Julius, weiß wie die Wand, abwesend und starr, als führten sie ihn aufs Schafott.

Schon als sie oben angekommen waren, gab es Pfiffe und Auf geht's!-Rufe. Henry setzte sich hinter das Schlagzeug, griff nach den Stöcken und ließ die Fußtrommel probehalber rumsen. Man war dankbar für jedes positive Signal. Onkel Tom hatte sich die Gitarre umgehängt, Julius war offenbar der Bass zugewiesen worden.

Dann gab es noch die üblichen One-two-Testdurchsagen, und schließlich ging die Post ab. Ich war von Anfang an erleichtert, denn Onkel Tom war immer noch ein ebenso versierter wie routinierter Gitarrist und Sänger. Er begann mit »Johnny B. Goode«, und im Saal war Friede, denn diese Nummer hatte er voll drauf. Henry spielte an seinen Trommeln einen grundsoliden Part, und Julius wummerte unauffällig mit dem Bass dazu. Eine angenehme Entspannung trat bei mir ein.

Das weitere Programm der drei waren vor allem klassische Stücke, Blues und Rock gleichermaßen. Die alten Nummern packten mich tatsächlich, und bei geschlossenen Augen lief in mir ein richtig spannender Film ab. Nichts schießt einen so über jedes Alter hinaus und macht so glücklich wie die Musik, die haargenau den richtigen Nerv bei dir trifft. Weil sie dich dann punktgenau da erwischt, wo sie sie dich früher schon erwischt hat. Deshalb ist zwischen dem Jugendlichen, der diese Musik zum ersten Mal gehört und gemocht hat, und dem alten Dackel, der sie wieder hört, kein Unterschied. Der wird komplett plattgemacht. Und in dir gewinnt eine freudige Erregung so rasch an Volumen, als würden sie dich mit Glücksgas aufpumpen.

Wenn man die Augen wieder aufmachte, sah man die beiden dicken Burschen da vorne, Onkel Tom, der die Gitarre nur seitlich bespielen konnte, weil er sie gar nicht mehr vor seinen Ranzen brachte, und Julius, dem das rote T-Shirt in nassen Falten um den Puddingleib hing. Aber gerade dieser krasse Gegensatz rührte einen an, so wie es einen zutiefst bewegt, wenn abgerissene, bocksbeinige Gesellen ihren Instrumenten die süßesten Schalmeinklänge entlocken und sich folglich Teufel jederzeit in Englein verwandeln können.

Ich pfiff, schrie, klatschte und fiel laufend Emma um den Hals. Ich war entfesselt.

53

Alles hatte eine schöne Wendung genommen, ich rechnete damit, dass das Repertoire der Veteranen nun bald heruntergespielt und das Ende des Gigs in Sicht war. Doch ein Happy End bekommt man nie geschenkt, und es zog doch noch die Katastrophe herauf, die ich befürchtet hatte. Vielleicht war es abgesprochen, oder Julius war übermütig geworden, jedenfalls gab Onkel Tom durch, man solle nun Julius Balser an der Gitarre willkommen heißen. Nach dieser Ankündigung tauschten sie die Instrumente.

Julius trat nach vorne. Soweit es die hitzebeschlagenen Gläser zuließen, erkannte man die helle Panik in seinen Augen. Aber dieser Trottel musste ja unbedingt seinen großen Auftritt haben! Dann erklangen die ersten Akkorde, und schon da hätte ich die Flucht antreten wollen: Sie spielten tatsächlich »Stormy Monday«, eine Nummer, an der sich nur weltbeste Gitarristen versuchen dürfen.

Die normalerweise zart getupften ersten zwölf Takte verpatzte Julius völlig. Henry ließ im Hintergrund die Trommel schnarren, wie eben der Sturm, der durch die Straßen fegt, aber das nützte nichts, denn auch aus der Entfernung erkannte man unschwer, wie Julius mit seinen schweißigen Pfoten über die seifig gewordenen Saiten glitschte und auf beinahe jedem Ton ausrutschte.

Man war dankbar, als endlich Onkel Tom die erste Strophe zu singen begann und mit seinem kräftigen Organ die Aufmerksamkeit von der Gitarre abzog. Dann aber, nach der dritten Strophe, wurde Julius wieder wie mit einem Arschtritt ins Rampenlicht befördert. Er hielt den Kopf gesenkt und krümmte sich. Was er da solistisch ablieferte, klang schräg, schräger als es der Blues erlaubt, war aber sicherer und besser als zuvor und konnte mit einiger Großzügigkeit als kleine Unsauberkeit durchgehen.

So frettete sich Julius über die zwölf Takte hinweg, und Henry titschte zweimal kurz ans Becken, um ihm zu signalisieren, dass er das Ding nach Hause gezittert hatte und man nun mit der Wiederholung der letzten Strophe aus der Nummer halbwegs anständig herausgehen konnte.

Aber Julius dachte überhaupt nicht daran aufzuhören und sattelte noch eine Runde drauf. Er hob den Kopf und man hatte das ungute Gefühl, dass er mit aller Muskelgewalt seiner Kiefern eine Tischplatte durchzubeißen versuchte. Nun plötzlich schaute er nach vorne und hatte nicht mehr dieses weggeduckt Scheue, diesen Untertanenbuckel eines notorischen Schleichers. Er riss den Hals der Gitarre nach oben, als wollte er nun allen zeigen, was ein Julius Balser aus diesen magischen sechs Saiten herausholen konnte. Mir graute vor diesem Borderliner.

Vielleicht zuckte ja auch aus der Stromgitarre ein jäher Blitz, der ihm ins Gehirn fuhr, jedenfalls steigerte sich Julius in den Rausch eines heiligen Bluesmanns. Er spielte unerwartet gestochene Triolen und führte wie an der Schnur gezogene Läufe vor. Mit flinken, behänden Fingern trieb er das Thema perlend hoch, hielt es in einem klaren, bald schmerzenden Diskant, um es dann von oben her abtropfen zu lassen und in kurzen Riffs wieder aufzufangen. Und nun jagte er das Ganze noch einmal klagend und schließlich jaulend verfremdet durch.

Die Gitarre hatte er nach unten weggedrückt, er reckte sich auf und schien über ihrem Korpus die Dimensionen eines roten Riesen anzunehmen. Endlich waren sie durch, Onkel Tom sang die letzte Strophe, und bevor Henry den letzten Wirbel setzte, gaben sie ihm noch einmal Raum für einen abschließenden Lauf das Griffbrett hinauf und hinunter.

Dann war Schluss. In den aufbrausenden Beifall hinein schrie Onkel Tom, dass man soeben den sensationellen Julius

Balser an der Gitarre gehört habe. Julius stand da, klitschnass, riss sich die Gitarre vom Hals und streckte beide Hände zu Fäusten geballt in die Höhe.

Ich war stolz auf diesen dicken, durchgeschwitzten Kerl da oben auf der Bühne, der sich aus einer total aussichtslosen Lage herausgekämpft hatte. Was er gezeigt hatte, war alle Anerkennung wert. Doch jetzt wurde es noch einmal kritisch. Ich sah, dass der Beifall ihn auf eine Stimmungswolke hochkickte. Er war drauf und dran, sich das nasse, dunkelrot gewordene Shirt vom Leib zu reißen und in die Menge zu werfen. Aber zu guter Letzt besann er sich doch, denn wer wollte jetzt nach diesem tollen Solo mit dem Anblick einer weißen, behaarten Bierwampe abgewatscht werden? Niemand!

Als ich ihn endlich umarmte, war es, als würde ich mit einem Dampfbügeleisen poussieren. War aber nun auch schon egal.

– Mann, Julius, sagte ich, durch so ein Solo gewinnt man den Glauben an unsere von diesem Leben versaute Generation wieder. Wenn einer das in seinen alten Tagen noch mal hinlegt …

Julius grinste verlegen.

– Echt?

– Absolut!

Julius guckte so rührend schamhaft wie Yogi Bär, der seinem Ranger endlich das Jawort gibt. Ich musste einfach noch einmal Körperkontakt zu dem Dampfbügeleisen aufnehmen. Nun fixierte ich ihn ganz ernst.

– Julius, aber jetzt lässt du den Scheiß mit deiner Band, ja?

Auch Julius setzte ganz sacht zur Landung an.

– Okay, versprochen!

– Wenn einer wie du das schafft, was dir heute Abend gelungen ist, dann kriegt er auch sonst wieder den Arsch aus dem Dreck. Verstehst du?

– Klar, Gossec. Mach dir da mal keine Sorgen um mich. Ich rapple mich schon wieder hoch.

Er zog aus seiner Hosentasche ein großes Taschentuch und wischte seine feucht gewordenen Augen. Anschließend bearbeitete er damit seine Brillengläser.

– Weißt du, was ich geglaubt habe, Gossec?

Ich schüttelte den Kopf.

– Das Einzige, was in meinem Leben je gezählt hat, sind die Striche auf meinem Bierdeckel.

Bevor er endgültig in Tränen ausbrechen konnte, umarmte ich ihn ein drittes Mal und drückte ihn eine Weile, bis er sich gefangen hatte. Dann gingen wir endlich hinüber in die Gaststube.

Spät in der Nacht saßen wir immer noch zusammen. Emma neben mir hielt meine Hand. Wir waren alle von den Ereignissen der letzten Wochen geschlaucht und schwiegen zumeist. Aber das war gut so, denn wenn zu viel geredet wird, wird schnell mal ein Glas zu wenig getrunken.

Umschlaggestaltung: Michel Keller, München
Typografie + Satz: www.frese-werkstatt.de
Druck und Bindung: Clausen & Bosse, Leck
ISBN 978-3-88897-463-2

2 3 4 5 6 • 10 09 08 07